Heinrich Steinfest
Amsterdamer Novelle

Heinrich Steinfest

Amsterdamer Novelle

PIPER

Mehr über unsere Autorinnen, Autoren und Bücher:
www.piper.de/literatur

Von Heinrich Steinfest liegen im Piper Verlag vor:
Markus-Cheng-Reihe: Cheng · Ein sturer Hund · Ein dickes Fell ·
Batmans Schönheit · Der schlaflose Cheng · Die Möbel des Teufels

Tortengräber · Nervöse Fische · Der Umfang der Hölle ·
Der Mann, der den Flug der Kugel kreuzte · Wo die Löwen weinen ·
Die feine Nase der Lili Steinbeck · Mariaschwarz ·
Gewitter über Pluto · Die Haischwimmerin · Der Allesforscher ·
Das grüne Rollo · Gebrauchsanweisung für Österreich ·
Das Leben und Sterben der Flugzeuge · Die Büglerin ·
Gebrauchsanweisung fürs Scheitern · Der Chauffeur

Unser Versprechen für mehr Nachhaltigkeit
• Klimaneutrales Produkt
• FSC®-zertifiziertes Papier
• Hergestellt in Europa

FSC
www.fsc.org
MIX
Papier aus verantwortungsvollen Quellen
FSC® C014496

ISBN 978-3-492-07117-8

Umschlaggestaltung: zero-media.net, München
Umschlagabbildung: Heinrich Steinfest
Gesetzt aus der Agmena
Satz: Tobias Wantzen, Bremen
Druck und Bindung: GGP Media GmbH, Pößneck
Printed in Germany

I

Wenn gesagt wird, Fotos lügen, dann eigentlich nur, weil wir mit der Wahrheit, die in einem bestimmten Foto steckt, nicht einverstanden sind. Der empörte Protest »So sehe ich ja gar nicht aus!« macht es sehr deutlich. Dieses Unbehagen angesichts der im Foto festgehaltenen Wahrheit des Augenblicks. Ein Augenblick, dem zu Ewigkeit, zumindest zu großer Dauer verholfen wird. Wenn wir längst unter der Erde sind und auch wenn sich niemand mehr an uns erinnert, werden wir noch im Foto fortbestehen.

Es ist nie das Foto, das uns zu täuschen versucht, sondern nur unsere willentliche oder unwillentliche Interpretation. Und eben nicht die ungünstige Perspektive, die aus einem dünnen Menschen einen dicken macht, aus einem Lachen einen hasserfüllten Aufschrei, aus einer freundlich winkenden Hand einen unfreundlichen Stinkefinger, aus einem Mann, der wie Brad Pitt aussieht, einen Mann, der Brad Pitt *ist,* beziehungsweise umgekehrt. Aus einem Angriff von Polizisten auf Demonstranten einen Angriff von Demonstranten auf Polizisten, beziehungsweise umgekehrt. Das Foto täuscht nicht, natürlich nicht. Sondern wir täuschen uns.

»Nein, so alt und unsympathisch sehe ich doch gar nicht aus.«

»O ja, so alt und unsympathisch siehst du eben manchmal aus. Und in diesem Moment sogar ganz sicher.«

Ein Foto, so verwaschen oder wackelig oder verblasst es auch sein mag, sagt uns auf eine gleichzeitig brutale wie liebevolle Art, wer wir sind, was wir machen, wie wir aussehen. Und was es in der Welt so gibt.

Jetzt wird man sagen, dass die vergangenen und erst recht die heutigen Möglichkeiten, ein Foto zu bearbeiten und zu verändern, enorm waren und sind. Aber ein solches Foto zeigt natürlich noch immer die Wahrheit einer Täuschung oder Lüge. Ein solches Foto offenbart den Betrug. Um das zu erkennen, braucht es kein technisches Instrument, sondern allein die Bereitschaft des Betrachters, die *Qual* des Fotos zu erkennen, das von einem verbrecherischen Geist verunstaltet wurde.

Und so leuchtet die Wahrheit praktisch durch die Lüge hindurch. Das gefälschte oder manipulierte oder mittels Text gefälschte oder manipulierte Foto stellt genau genommen die Verdoppelung der Wahrheit dar, indem es sowohl – wenn auch in Form einer Hintergrundstrahlung – die tatsächlichen Verhältnisse dokumentiert als auch den von Mensch und Maschine vorgenommenen Betrug, somit die Wahrheit einer Lüge.

Das Foto erzählt letztlich immer von dem, was wirklich geschah. Dies gilt es zu erkennen.

Zu erkennen, was wirklich geschah, machte sich Paulsen zur Aufgabe. Er konnte gar nicht anders. Sosehr er sich anfangs dagegen gewehrt hatte. Und sosehr er anfangs bemüht gewesen war, das, was er auf dem Foto sah, als ein Zusammenspiel von Faktoren anzusehen, die zu einer Täuschung führten.

Vor allem sagte er: »Ich bin noch nie auf einem Rad gesessen, wirklich!«

Das stimmte zwar nicht ganz, denn auch Paulsen – zwischenzeitlich sechsundfünfzig Jahre alt – war einmal jung gewesen, hatte das Fahrradfahren erlernt und war als Gymnasiast sogar einige Jahre lang täglich zur nahe gelegenen Schule geradelt. Doch bereits in seiner Studentenzeit hatte er trotz günstiger Lage seiner Wohnung aufgehört, sich auf ein Rad zu setzen. Obwohl nicht unsportlich, bevorzugte er den Komfort des öffentlichen Verkehrs, später dann auch den Komfort jener beweglichen Hülle, die wir Auto nennen.

Seit vielen Jahren arbeitete er fürs Fernsehen, was sich ein wenig unanständig anhört, aber so schlimm nicht ist. Er war dort als Visagist angestellt, traditionellerweise ein Frauenberuf. Und in der Tat hatte er sich nach einem abgebrochenen Wirtschaftsstudium zunächst einmal zum Tontechniker ausbilden lassen und war in diesem Bereich auch lange beschäftigt gewesen. Allerdings hatte er zusammen mit seiner zweiten Frau einen zweimonatigen Visagistenlehrgang besucht. Es war mehr etwas wie eine Wette gewesen, weil sich ihrerseits seine Frau bereit erklärt hatte, gemeinsam mit ihm den Taucherschein zu machen. Richtige Taucher waren dann aber beide nicht geworden, und Paulsens zweite Frau hatte auch nie als Visagistin gearbeitet, sondern war nach der Scheidung ins Fach der Geistheilerei gewechselt und dort erstaunlich erfolgreich geworden.

Paulsen hingegen verlor seinen Job als Toningenieur eines Werbefilmunternehmens und hatte sich – ohne ernsthaft an eine Chance zu glauben – um einen Visagistenjob beworben. Doch es gefiel einer leitenden Dame des öffentlich-rechtlichen Fernsehens, mal ausnahmsweise einen Mann in dieser Funktion anzustellen. Keine Visagistin, sondern einen Visagisten, noch dazu einen, dem die Ausbildung zum Maskenbildner fehlte, wie das eigentlich vorgeschrieben war. Aber es sollte eben so sein, dass das Schicksal in Form dieser mächtigen Dame vom Fernsehen den damals bereits vierzigjährigen Paulsen dorthin brachte, wo er dann vor allem im Bereich der Nachrichtensendungen und diverser Talk-Formate tätig wurde.

Die Ausbildung zum Maskenbildner holte er später nach, wechselte aber nicht etwa zum Theater oder in die Werbung, sondern blieb gut fünfzehn Jahre am gleichen Ort, um seine *gesichtspflegerische* Tätigkeit auszuüben und Tag für Tag Sprecherinnen und Sprechern, Moderatoren und Interviewgästen ihre Gesichter … zu verschönern?

War das wirklich das passende Wort?

Nun, die Leute wurden selten richtig schöner, Paulsen war schließlich kein plastischer Chirurg mit der Fähigkeit zur Sekundenkorrektur. Und eben auch nicht beauftragt, ein langweiliges Gesicht in ein heroisches zu verwandeln, ein altes in ein junges, sich also als »Verwandlungskünstler« zu betätigen. Vielmehr bestand sein Job darin, Unebenheiten und Unreinheiten zu kaschieren, einer hohen nackten Stirn ein Zuviel an Glanz zu nehmen oder eine Falte, Rötung oder Narbe zu überdecken, von der sein Besitzer oder seine Besitzerin meinte, die müsse nicht auch noch im Fernsehen zu sehen sein.

Paulsen war kein Beauty-Artist, der einer Braut an ihrem schönsten Tag zu einem – vorsichtig ausgedrückt – *unrealistischen* Aussehen verhalf. Wenn er etwa für eine Literatursendung dem Schriftsteller Martin Walser ein klein wenig die dichten Augenbrauen zur Seite strich, damit man dessen weise Augen besser sehen konnte (ohne wiederum den Eindruck von der Weisheit der Augenbrauen zu schmälern oder gar den Autor zu verärgern), so ging es nicht darum, dass in der Folge jemand auf die Bühne trat, den die Zuseher eher für – sagen wir mal – Curd Jürgens oder Rutger Hauer gehalten hätten, abgesehen davon, dass die schon tot waren, sondern es sollte keinerlei Zweifel darüber bestehen, dass trotz gestalterischer Eingriffe hier soeben Martin Walser Platz genommen hatte.

Letztlich kann man sagen, dass Roy Paulsens Aufgabe also nicht in einer Verfälschung, sondern in deren Gegenteil bestand. Es sollte niemals ein Missverständnis darüber geben, dass die Personen, die vor die Kamera traten, sofort als die zu erkennen waren, als die man sie kannte. Gesichter, die den Zusehern mitunter seit Jahrzehnten vertraut waren, durchaus auch im Sinne von deren natürlicher Alterung, aber stets in einer bereinigten Form.

Ja, er war kein Verwandlungskünstler, sondern ein Reinigungskünstler.

Und dieser Roy Paulsen sagte, nachdem ihm sein erwachsener Sohn, der aus seiner zweiten Ehe stammte, ein Handyfoto vors Gesicht gehalten hatte: »Ich bin noch nie auf einem Rad gesessen, wirklich!«

»Trotzdem«, erwiderte Tom und lachte, »das bist *du* doch, oder? Also zumindest sieht der Typ auf dem Rad dir wirklich unglaublich ähnlich.«

»Nicht nur bin ich noch nie auf einem Rad gesessen«, erklärte Paulsen, »sondern ich war auch noch nie in Amsterdam.«

Wenn nun erstere Behauptung bloß mit Einschränkung galt, die zweite nicht. Roy Paulsen war tatsächlich noch nie in seinem Leben in Amsterdam oder auch nur in den Niederlanden gewesen. Einige Male in Belgien, in Brüssel, ja, mit einem Fernsehteam auch in Luxemburg, aber eben nie in Holland und nie in Hollands Hauptstadt, wohin Paulsens Sohn Tom kürzlich gezogen war, um für eine Computerspielfirma zu arbeiten (er war soeben dabei, ein Spiel zu entwickeln, in dem Rembrandt van Rijn als Zeitreisender auftritt, der – durch eines seiner eigenen Bilder fallend – ins 21. Jahrhundert gerät und verschiedene künstlerische wie anderweitige Versuche unternimmt, um zurück in seine Epoche zu gelangen, immerhin das sogenannte Goldene Zeitalter der Niederlande. Nun freilich in Kenntnis seiner ungemeinen Bedeutung für die spätere Kunstgeschichte, allerdings ebenso in Kenntnis der finanziellen Misere, die laut Geschichtsschreibung seine letzten Lebensjahre bestimmen sollte. – So war dieses Spiel auch der Frage nach der Veränderbarkeit der Geschichte gewidmet. Etwa die Vorstellung, dass der in seine Zeit zurückgekehrte Rembrandt zwar seine Zahlungsunfähigkeit zu verhindern wissen würde, allerdings kaum mehr in der Lage wäre, ein geniales Alterswerk zu schaffen. Nicht nur wegen der dann besseren Lebensverhältnisse, sondern weil er praktisch unfähig sein würde, sich selbst – denn natürlich hatte er im 21. Jahrhundert in Museen und Katalogen sein eigenes Werk studiert – zu kopieren. Sodass eine Aufgabe der Spieler darin bestand, einen Weg zu finden, um den Verlust eines wichtigen Teils des Rembrandt'schen Œuvres zu verhindern).

Tom hielt sich bereits seit einigen Wochen in Amsterdam auf und war nur kurz in seiner Heimat zu Besuch. Und hatte sich mit seinem Vater in Köln zum Abendessen getroffen.

Während man da also bei Weißwein und einem Spargelsalat mit Garnelen und Feta saß, hielt der Sohn dem Vater grinsend das Display seines Smartphones entgegen und verwies auf das Foto, das er in der ersten Woche seines Amsterdamaufenthalts irgendwo zwischen der Oude Kerk und dem Hortus Botanicus aufgenommen hatte. Er war da bereits durch Amsterdam marschiert auf der Suche nach Orten für jenes Computerspiel, das den Arbeitstitel *Rijns Reise* trug (es war wirklich geplant, das Spiel auf der ganzen Welt unter dem deutschsprachigen Namen zu vertreiben, denn das Deutsche, hieß es, passe einfach am besten zum Umstand der Zeitreise). Natürlich bevorzugte er die Gegend, in der das Museum Het Rembrandthuis steht, immerhin das ehemalige Wohnhaus des Künstlers, das nach dessen Bankrott versteigert worden war.

Und auf einer der ersten seiner Recherchewanderungen hatte Tom auch dieses eine Foto geschossen: drei dicht an dicht gesetzte Häuser einer Zeile. Bei den zwei Gebäuden auf der linken Seite und in der Mitte handelte es sich um historische Bauten mit den für Amsterdam so typischen weit nach oben reichenden, spitz zulaufenden Treppengiebeln, während nach rechts hin ein mit eng gesetzten Kunststofffenstern versehener dreistöckiger Klinkerbau stand, der wohl aus den 1960er-Jahren stammte und der eine recht englisch anmutende Trostlosigkeit verbreitete. Ganz im Gegensatz zu den beiden anderen, ebenfalls aus Ziegeln errichteten, aber ausgewogen ornamentierten alten Bauten. Wobei das Haus in der Mitte – wie im Bereich der Grachten üblich – extrem schmal war, sodass jeweils drei Fenster pro Stockwerk auf die Straße führten, während am Anfang der sich nach oben zügig verjüngenden Giebel nur noch ein einziges Fenster dazwischenpasste. Über diesem kragte waagrecht ein länglicher Balken aus, ganz in der Manier eines Sprungbretts.

Und das sagte Paulsen ja auch: »Sieht aus wie das Sprungbrett für einen lebensmüden Hausbewohner. Oder wie eine Startrampe für … Gibt es Albatrosse in Amsterdam?«

Das bezog sich auf einen internen Scherz zwischen den beiden, da Paulsens Sohn, als er noch Kind gewesen war, gefühlte tausend Mal die Albatrosszene aus Disneys *Bernard und Bianca – Die Mäusepolizei* gesehen hatte. Dem Kind war diese gewisse ungelenk-komische, extrem mühsame Weise des Startvorgangs, die aber dennoch zu einem erfolgreichen Flug führte – Miss Bianca: »Käpt'n, Sie fliegen fantastisch!« –, als ein großer Trost angesichts einer von Vorgängen des Scheiterns bestimmten Welt erschienen. Sodass er und sein Vater den dadaistisch-philosophischen Satz geprägt hatten: »Das Leben ist gar nicht so schrecklich, es ist ein Albatros.«

»Es gibt sogar einen Amsterdam-Albatros«, sagte Tom jetzt. »Den findest du allerdings nur auf den Amsterdam-Inseln im Indischen Ozean.«

Während hingegen, erklärte Paulsens Sohn weiter, die hervorstehenden Balken, die an vielen alten Häusern Amsterdams zu finden seien, als Halterungen für Flaschenzüge dienten, um Waren nach oben und unten zu ziehen, aber ebenso größere Gegenstände, die über die engen Treppenhäuser ins Innere solcher Gebäude zu befördern schlichtweg unmöglich sei.

»Ein Klavier kriegst du aber durch keins der Fenster«, meinte Paulsen.

»Oh doch!«, antwortete sein Sohn, fügte aber gleich an: »Weich nicht aus!«

Dabei wies er mit dem Finger auf den Desktop, in die linke untere Ecke, auf die Stelle, wo ein Radfahrer zu sehen war, der soeben an dem äußeren Gebäude vorbeifuhr. Er trug eine kurze schwarze Hose und ein kurzärmeliges schwarzes Hemd.

»Okay, er sieht mir ähnlich«, sagte Roy Paulsen betont gelassen.

»Ähnlich ist gut«, fand Tom. »Das ist deine Kopfform, deine Glatze, dein Profil, das ist so unverkennbar deine Nase. Auch die Brille stimmt. Das sind sogar deine Beine.«

Konnte man das so sagen? Waren Beine denn nicht mehr oder weniger alle gleich, also zumindest gleich in der gleichen Kategorie dicker oder dünner, muskulöser oder knochiger Beine? Und wie oft hatte sein Sohn in den letzten Jahren seine Beine überhaupt gesehen? Seine Beine in kurzen Hosen, während er ja hier, in diesem Restaurant, selbstverständlich mit langen Hosen saß.

Nun, die Wahrheit war die, dass kaum ein Bein wie das andere war.

»Deine Beine, deine Arme«, wiederholte Tom.

Und es stimmte. Er, Paulsen, konnte es sehen. Das waren seine Beine, die einen recht schönen Schwung besaßen. Keine dicken Stampfer und keine dünnen Stecken, sondern muskulös, aber in dem Sinne, dass man die Muskulatur in einer anatomischen und nicht in einer manierierten Weise erkennen konnte, dazu leicht spitze Knie. Sosehr seine Beine etwas besaßen, das man heutzutage als *definiert* bezeichnete – was in seinem Fall nicht vom Radfahren kommen konnte, dafür vom Joggen und Bergwandern –, war ihnen doch das Alter anzusehen. Spätestens um die fünfzig zeigten selbst trainierte Körper einen Charme des Verfalls, eine gewisse Bettlägerigkeit, den Eindruck, selbst noch in Momenten höchster Aktivität eigentlich lieber in einem Bett liegen zu wollen.

Man sah den Beinen die Sehnsucht nach Erholung an.

Und das Gleiche galt für die Arme auf diesem Foto, diese gewisse anatomische Muskulösität bei gleichzeitiger Bettlägerigkeit.

Am frappantesten war freilich das Gesicht des Radfahrers. Und das musste ausgerechnet er, der Visagist, zugeben. Es war wirklich *sein* Profil, *seine* Nase mit der leichten Übergröße, *sein* nur leicht bebartetes breites Kinn, *seine* volle Wange, *sein* im Umfeld der Glatze und des sehr kurz geschorenen Haarkranzes äußerst prägnantes linkes Ohr: ein Ohr wie auf einer anschaulichen Zeichnung. Es war *seine* Brille, und soweit man das von der Seite her betrachtet sagen konnte, waren es *seine* Augen, mit diesem leichten und für seine Familie gänzlich untypischen Anflug ins Asiatische, möglicherweise die Erinnerung an eine lange vergangene Zeit. Ein Merkmal, das zig Generationen benötigt hatte, um nun einzig mittels der Lidränder eines Mannes unserer Tage die Liebe und Vereinigung zweier Menschen aus der Vergangenheit ins Jetzt zu holen.

Sein Schädel.

Dennoch meinte er nun zu seinem Sohn: »Weißt du, Tom, hättest du das Foto den Bruchteil einer Sekunde früher geschossen, wäre kaum irgendeine Ähnlichkeit festzustellen gewesen. Das ist wie mit diesen Gesichtern, die man auf Bildern von Mars- oder Mondlandschaften zu erkennen meint. Fotografier die gleiche Stelle zu einer anderen Tageszeit – du findest kein Gesicht mehr.«

»Ein Radfahrer«, sagte sein Sohn, »besteht nicht aus Mondgestein.«

»Hast du den Radfahrer überhaupt bewusst gesehen?«, fragte Paulsen.

»Nein, erst viel später, als ich die Fotos von diesem Tag durchging. Leider. Da erst sind mir die beiden aufgefallen: der Radfahrer und das Baby.«

»Baby? Was für ein Baby?«

»Na, schau doch«, sagte Tom. Dabei zeigte er erneut auf eine Stelle auf dem Foto, diesmal in der oberen Bildhälfte, auf ein Fenster im mittleren Gebäude, eine Etage unter der mit dem hervorstehenden Balken.

Wie zuvor im Falle des Radfahrers vergrößerte er den Bildausschnitt, indem er Daumen und Zeigefinger auf den kleinen Schirm legte und die beiden Fingerkuppen zweimal auseinanderzog. Woraus sich eine Vergrößerung dieser einen bestimmten Stelle des Fensters ergab, sodass sich mit einiger Deutlichkeit eine kleine Gestalt hinter der geschlossenen Scheibe ausmachen ließ. Allerdings nicht deutlich genug, um mit absoluter Sicherheit von einem Baby sprechen zu können. Es hätte auch ein sehr kleiner Erwachsener oder eine große Puppe sein können. Für ein Baby sprach freilich – jetzt erkannte auch Paulsen es – die aus weißen Stäben zusammengesetzte Konstruktion, auf die die Gestalt sich aufzustützen schien. Ein dicht hinter der Scheibe stehendes Gitterbett.

Gewiss, es gab auch Gitterbetten, die nicht für Babys gedacht waren.

»Schon ein bisschen gruselig, oder?«, meinte Paulsens Sohn.

»An einem Baby ist nichts Gruseliges«, entgegnete Paulsen.

»Also an dem schon«, sagte Tom. »Man hat wirklich den Eindruck, es würde einen direkt aus dem Bild heraus anschauen.«

»Einbildung«, erklärte der Vater trocken.

»Ich würde das Baby vielleicht weniger gruselig finden, würde nicht unten auf der Straße ein Mann vorbeiradeln, von dem ich schwören könnte, dass du das bist.«

Jetzt lachte er wieder, Paulsens Sohn. Dann tippte er auf ein Symbol auf dem Display, der das Bild verschwinden ließ, legte das Gerät behutsam zur Seite – so, wie vielleicht früher die Leute einen Hut, eine Haarnadel oder ein Medaillon zur Seite gelegt hatten – und griff nach seinem Glas Wein.

Vater und Sohn stießen an.

Sosehr Roy Paulsen das Täuschende solcher Bilder betont hatte – Zufall, Interpretation, Wunschdenken, das Bedürfnis nach einer Sensation –, geschah es dennoch, dass ihm dieses Bild nicht mehr aus dem Kopf ging. Er schimpfte sich einen Idioten, aber dass er sich beschimpfte, nutzte eben nichts. Der Gedanke an das Foto blieb. Dazu kam der unheimliche Drang, sich das Merkwürdige erklären zu wollen.

Es war nur eine Woche später, da rief Paulsen seinen Sohn an – dieser war bereits wieder nach Amsterdam zurückgekehrt – und bat ihn, ihm das Foto auf sein Handy zu schicken.

»Wieso das denn?«

»Also bitte, du hast damit angefangen.«

»Ich fand es einfach witzig.«

»Ich finde es weniger witzig. Ich kann nicht aufhören, daran zu denken.«

»Aber Papa, es ist doch, wie du gesagt hast, alles eine Frage der Perspektive. In Wirklichkeit gibt es keine Doppelgänger.«

»Es ist das Haus«, sagte Paulsen, »jenes in der Mitte, mit dem Baby hinter dem Fenster.«

»Das Haus?«

»Es interessiert mich.«

»Glaub mir, das kannst du dir nicht leisten.«

Jetzt lachte Paulsen. »Sei einfach so lieb, schick mir das Bild, und wunder dich nicht weiter über deinen alten Herrn.«

»Ersteres sollte kein Problem sein«, sagte Tom. Nur wenig später teilte er mit: »Schon erledigt.«

In der Tat. Paulsens Handy meldete mit dem Geräusch einer schnarchenden Märchenfigur den Eingang einer Sendung.

Es hatte auch etwas Deprimierendes, wie schnell ein solcher Transport vonstattenging. Wie lange hatte früher die Post für Amsterdam–Köln benötigt? Heutzutage wurde kaum noch der Umstand einer Entfernung spürbar, sosehr man sich natürlich ärgerte, wenn's mal nicht gleich funktionierte und man viele lange Minuten auf etwas warten musste.

Paulsen tippte das Bild zweimal an, damit es das gesamte stehende Rechteck des Smartphones ausfüllte.

Ja, es war in der Tat ein erregend-unheimliches Haus, gleich einem stark zusammengepressten, burgartigen Schloss, ein Haus wie in ein dunkles Mieder gezwängt: eine schlanke, schwermütige Dame. Woraus sich das Wort »Hausdame« in einer ganz neuen Bedeutung lesen ließ.

Die Unheimlichkeit steigerte sich aber genau dadurch, dass dieses Haus eben nicht in irgendeiner finsteren Einöde stand, nicht im hintersten Winkel von Nordmazedonien oder isoliert in einem Wald Siebenbürgens, auch nicht am Ende einer Straße als das wirklich allerletzte Gebäude, umgeben von einem verwilderten Garten. Kein Haus, das H. P. Lovecraft in eine *ungesunde* und *blasphemische* Gegend gesetzt hatte. Nein, dieses Haus befand sich im Zentrum einer belebten, fröhlichen, touristischen Stadt, in einer abermillionenfach fotografierten Gegend. Nahtlos gesetzt an ein Gebäude aus derselben Epoche rechter Hand und einen gesichtslosen Wohnbau aus den 1960er-Jahren linker Hand. Auch nicht verfallen, modrig, verschimmelt, sondern in ausgezeichnetem, renoviertem Zustand.

Und dennoch empfand Paulsen den Horror, der von diesem Haus ausging. Und da mochte sein Sohn schon recht haben, dass dieser Horror sehr viel geringer gewesen wäre, hätte da nicht ein Baby, das auch gut und gerne eine alte, runzelige Frau in einem Gitterbett hätte sein können, aus dem Fenster geschaut. Und hätte nicht unten auf der Straße ein vorbeifahrender Radfahrer Roy Paulsen daran erinnert, wie er selbst aussah. Nicht zuletzt auch in Bezug auf das kleine Bäuchlein, das sich in den letzten zehn Jahren gebildet hatte und das dem an sich schlanken Paulsen in vornübergebeugter Haltung zu einer unschönen Wölbung verhalf. Genau so eine, wie man sie auch bei diesem *an sich* schlanken Radfahrer gut erkennen konnte. Obgleich dieser fast aufrecht auf einem Rad saß, das gewiss nicht gebaut worden war, um irgendeinen Geschwindigkeitsrekord aufzustellen. Ein Hollandrad eben.

Paulsen schickte das Bild an seinen Computer und druckte diverse Vergrößerungen der Bildausschnitte von Baby und Radfahrer aus. Später heftete er sie an eine Pinnwand, zwischen andere Fotos und Kopien, auf denen vor allem Gesichter zu sehen waren, und auf diesen Gesichtern … man könnte sagen: Korrekturvorschläge. Eingeringelte, markierte Stellen, dank derer die üblichen Unebenheiten und Unreinheiten hervorgehoben wurden. Viele prominente Gesichter, darunter auch das des späteren und dann emeritierten Papstes, den Paulsen für ein Interview ein klein wenig hatte schminken dürfen und den er als einen ausgesprochen liebenswürdigen »Kunden« erlebt hatte. Er selbst hatte sich damals gedacht: »Als würde der Teufel in der angenehmsten Form unter die Menschen treten.«

Bei einem raschen Blick auf diese Pinnwand hätte man meinen können, man befinde sich in einem Büro der Kriminalpolizei. Und so drückten es die Kinder von Paulsens dritter Frau auch gerne aus. Diese Ehe war ebenso in die Brüche gegangen wie die beiden vorangegangenen, allerdings ohne den Zorn und den Schrecken der ersten beiden. Zudem stammten die zwei Kinder bereits aus einer weiteren Beziehung von Paulsens dritter Frau. Dennoch gab es einen Kontakt. Manchmal kam die dritte Frau Paulsen mit ihrem fünfjährigen Sohn und der siebenjährigen Tochter zu Besuch, und wenn die Kinder über diese Aufenthalte berichteten, sagten sie des Öfteren: »Bei dem Roy sieht es aus wie bei der Polizei.«

Nicht dass die beiden Kinder Kriminalfilme sehen durften, aber irgendwoher hatten sie das eben aufgeschnappt.

»Du, Roy!«, rief der Fünfjährige, als er vor die Pinnwand getreten war und zwischen dem frühen Bild des zurückgetretenen Papstes und einem tatsächlich polizeitechnisch anmutenden Profilbild von Jürgen Klinsmann die Bilder aus Amsterdam sah. »Das bist ja du da! Da auf dem Rad!«

»Total!«, kommentierte nun auch seine Schwester.

»Was haben die beiden denn?«, fragte Paulsens Ex-Frau, die hinter den Kindern in den Raum getreten war, deren Rucksäcke und Taschen hereintragend.

Dann ging sie nahe an die Amsterdam-Bilder heran und meinte: »Blödsinn. Das bist du doch gar nicht. Du hast einen schöneren Kopf. Nicht so eierhaft wie dem seiner.«

Eigentlich hätte es ihn freuen sollen. Dass so über seinen Kopf gesprochen wurde. Und dass endlich jemand erkannte, wie gering die Ähnlichkeit zwischen ihm und diesem Holländer auf einem Rad in Wirklichkeit war.

Und doch spürte er seine Enttäuschung. Zu sehr hatte er sich bereits in das »Abenteuer« verliebt, das ihm die Betrachtung dieses Bildes und dieser Bildausschnitte bescherte.

Und dann sagte er: »Klar, ich war noch nie in Amsterdam und bin noch nie auf einem Rad gesessen. Aber ehrlich, Erika, du würdest mich auch nicht erkennen, wäre ich das wirklich auf diesem Foto. Erinnere dich an Zürich.«

Das stimmte, Erika war … man könnte sagen, sie war blind. Nicht wirklich blind, aber diese Frau, Professorin für Byzantinistik, hatte allen Ernstes mehrmals in den Jahren der gemeinsamen Ehe ihren Ehemann übersehen oder schlichtweg nicht erkannt. Zuletzt bei einer Familienfeier nahe Zürich, als sie erklärt hatte, ihr Mann komme später, dabei war dieser bereits am gleichen Tisch gesessen. Paulsen hatte damals aus der peinlich-komischen Situation das Beste zu machen versucht und als der »Mann vom Fernsehen«, der er schließlich auch als Visagist war, und angesichts des Altersunterschieds zu seiner Frau einen Spruch aus dem Film *American Animals* zitiert: »Wer alt ist, ist am Nähersten dran, unsichtbar zu sein.«

Zwischenzeitlich hatte Erika einen Mann aus ihrem Milieu geheiratet, ebenfalls Professor für Antike Sprachen und deutlich jünger als Roy, dennoch war Roy überzeugt, dass Erika auch ihren neuen Mann hin und wieder übersah oder verwechselte. Das war so ihre Art.

Und darum eben war nicht viel davon zu halten, wenn sie mit Blick auf die Abbildungen auf der Pinnwand meinte: »Der sieht gar nicht aus wie du.«

»Doch!«, riefen die Kinder. »Total!«

Und recht hatten sie.

2

Es war der Sommer nach der Pandemie, als Paulsen erstmals in seinem Leben – und nur drei Wochen nachdem sein Sohn ihm das Handyfoto gezeigt hatte – nach Amsterdam fuhr. Wie überall auf der Welt war die große Erleichterung spürbar, dass der Albtraum vorüber zu sein schien. Man hoffte auf eine Zeit, die dann als die »Wilden Zwanziger des 21. Jahrhunderts« in die Geschichte eingehen würde. Wobei, so ganz vorbei war die Sache natürlich nicht, weil nie etwas ganz vorüber ist, Kriege, Seuchen, das Sterben von Spezies und Industrien, der Verlust an Kaufkraft, ein Unwetter, ein Absturz gleich welcher Art, eine schreckliche Erfindung, all das erzeugt Nachwehen. Einen Nachhall, ein Nachklingen. Mitunter ist dieses Nachklingen so ausdauernd, dass für den, der genau hinhören kann, der auslaufende Ton in eine Wiederholung der Katastrophe übergeht. Sodass man sagen kann: Es war nie wirklich weg, es war nie wirklich gut.

Wozu auch die Unruhe gehörte, die noch immer umging, die Angst, die Seuche könnte in stark veränderter Form zurückkehren – gewissermaßen auch aus den eigenen Fehlern lernend, sie, die Seuche, weil in den Kämpfen der Natur ja ständig alle lernen und sich lernend verändern, um beim nächsten Mal besser angreifen oder sich besser wehren zu können. Die einen kriegen schärfere Zähne, die anderen längere Beine.

Aber getragen wurde diese Angst – so widersprüchlich das sein mag – von der Freude am Leben, von der Lust des Zusammenseins, des Reisens, des Luftholens (was also bedeutete, nicht mehr durch eine Barriere atmen zu müssen). Dazu kam auch die Versöhnung zwischen denen, die schon immer gewusst hatten, dass es nicht so schlimm werden würde (egal, wie schlimm es wirklich war), und denen, die wussten, dass es noch weit schlimmer hätte kommen können. Man könnte sagen: Die einen tanzten mit den anderen.

Es war jedenfalls nicht gerade der schlechteste Moment in der Weltgeschichte, den sich Roy Paulsen ausgesucht hatte, um nach Amsterdam zu reisen und dort einige freie Tage zuzubringen. Vordergründig natürlich, um seinen Sohn zu besuchen, der eigentlich keine Zeit hatte. Jedenfalls nicht die Zeit, den Vater zu unterhalten und in der Stadt herumzuführen.

Aber darum ging es ja auch nicht. Das hatte Tom schon begriffen. Es ging um das Haus. Ein Haus, von dem er gar nicht sagen konnte, wo genau es lag, weil er an besagtem Tag Hunderte von Bildern bei seinem Marsch durch die Rembrandtstadt gemacht hatte, um Szenerien für *Rijns Reise* zu sammeln.

Wie schon an dem Abend in Köln bestand sein einziger Hinweis darin, dass sich dieses Haus irgendwo zwischen der Oude Kerk und dem Hortus Botanicus befinden musste, also der Alten Kirche, die ausgerechnet im Rotlichtviertel De Wallen liegt (nein, das Rotlichtviertel ist ausgerechnet im Dunst- und Wirkungskreis dieser Kirche entstanden), und dem alten botanischen Garten auf der entgegengesetzten Seite der Innenstadt. Daraus ergaben sich in halbwegs gerader Marschlinie immerhin anderthalb Kilometer Fußgeherlänge sowie achtzehn Minuten Fußgeherzeit und eine Menge von Straßen und Gassen und Grachten, die von dieser geraden Linie abzweigten.

Paulsen hatte vor seiner Abreise noch versucht, mittels Google Maps und der Street-View-Einrichtung das Haus und damit die Straße, in der es lag, zu finden. Aber es gelang nicht. Es war einfach ein zu großes Areal. Man kann sagen, Paulsen verirrte sich im virtuellen Amsterdam. Und das Einzige, was auf dem Foto seines Sohns als Anhaltspunkt hätte helfen können, war die Hausnummer des 1960er-Jahre-Klinkerbaus, nämlich 41.

Man kann sich vorstellen, wie hilfreich es war, »Amsterdam 41« in das Suchprogramm einzugeben. Als Erstes erschien die Flughafen-Lounge 41 des Amsterdamer Schiphol Airports, aber natürlich weit und breit kein Haus mit Baby und Radfahrer.

Paulsen beschloss, vor Ort zu suchen. So lange durch dieses Areal zwischen Alter Kirche und dem alten botanischen Garten zu spazieren, bis er das Haus entdeckt haben würde.

Eine Woche hatte er veranschlagt. Eine Woche sollte reichen.

Doch das Schicksal kam mit nur drei Tagen aus.

Obgleich sein Sohn eigentlich genügend Platz in seinem Appartement besaß, quartierte sich Paulsen in einem kleinen, alten Bed & Breakfast ein. Nicht zuletzt, weil der Name dieses Hotels auch den Namen jenes großen Malers des 17. Jahrhunderts führte, dem es schlussendlich zu verdanken war, dass Paulsen in diese Stadt gereist war, um ein bestimmtes Haus zu suchen und zu finden. Und zwar mit dem festen Vorhaben klarzustellen, dass es sich dabei um ein interessantes, aber letztlich stinknormales Haus handelte. Und seine eigene merkwürdige Empfindung, die ihn hierhertrieb, das Resultat von etwas war, was man eine blühende Fantasie nannte.

Es hatte durchaus etwas für sich, wenn man erkennen durfte, sich geirrt zu haben. Wie jene von Flugangst getriebenen Menschen, die nach jeder Landung sagen: »Dabei hätte ich schwören können, dass es diesmal schlecht ausgeht.«

Roy Paulsens Suche folgte halb einem System des Abhakens, halb ließ er sich treiben. Was bedeutete, dass er von seinem Hotel aus jeweils in verschiedene Richtungen aufbrach und auch immer wieder die

Karte auf seinem Smartphone zu Hilfe nahm, dabei vorgemerkte Orte anvisierte wie natürlich jene alte Kirche und jenen alten botanischen Garten und jenes alte Wohnhaus eines verschuldeten Malers, das jetzt ein Museum war. Vor allem ging er die Grachten ab, da er es für wahrscheinlich hielt – sowenig dies auf dem Foto zu erkennen war –, dass das gesuchte Haus an einem dieser Kanäle lag, die die Amsterdamer Innenstadt durchziehen. Denn schließlich besaß das gesuchte Haus – jene »Hausdame« – alle Merkmale eines Kaufmannshauses, wie man sie im 17. Jahrhundert zur Optimierung des Handelsverkehrs an eine dieser engen Wasserstraßen gebaut hatte. Es verfügte ja nicht nur über einen Seilzug, sondern auch über ein ebenerdiges sowie ein in das Untergeschoss führendes Ladentor, zudem über eine Erhöhung der Eingangstüre, die man über die vier Treppenstufen eines Vorbaus zu erreichen hatte. Eine Erhöhung, die sich Paulsen als einen Hochwasserschutz dachte.

Doch so diszipliniert seine Wanderungen durch die Stadt auch begannen, kippten sie spätestens am Nachmittag ins Chaotische. Paulsen ließ sich dann von seinem Gefühl im wahrsten Sinne *ablenken,* verlor bald die Übersicht, kam an eine Stelle, die er bereits kannte, unterließ es aber, auf dem Plan nachzusehen und Ordnung in sein Getriebensein zu bringen. Als wollte er der Intuition die gleiche Chance geben wie zuvor dem System.

Und das alles bei beträchtlicher Hitze, die ihn des

Öfteren unter einen Schatten oder in den Außenbereich einer Cafeteria zwang, um auszuruhen und sich zu erfrischen. Wobei er wahrlich nicht alleine war. Die Hitze änderte nichts an einem Strom von Touristen, der zu jeder Tageszeit gleichfalls ein Netz bildete, leicht bewegt wie das Wasser, aber bei genauer Betrachtung ebenso eine festgelegte, *kanalisierte* Bahn bildend. Ein Netz im Netz.

Am Nachmittag des dritten Tages kam das große Gewitter. Womit Paulsen nicht gerechnet hatte, da er – entgegen einer, man möchte sagen, *volkstümlichen* Angewohnheit – die Wetternachrichten völlig vergessen hatte.

Es war keines von den Gewittern, die sich ewig um einen Ort herumdrehen, von fern donnernd drohen, kommen oder nicht kommen, vielleicht später, vielleicht gar nicht, woanders, nicht hier, heute nicht mehr, vielleicht morgen. Nein, es kam schnell und böse und wuchtig. Es verwandelte den gleißend hellen Tag praktisch mit dem Fingerschnippen einer Unwetterfee in die rußig dunkle Unterdrückung des Lichts.

Die Blitze sah er nicht, aber der Donner ließ den Boden erbeben, und nachdem heftiger Wind die Blätter aus den Bäumen geweht und das Wasser im Kanal in eine ozeanische Schäumung versetzt hatte, kam der große Regen. Es war wie ein Schneesturm, aber kein Hagel. Sondern Regentropfen, die sich winterlich aufführten, sibirisch, arktisch. Und es somit einen guten Grund für Paulsen gegeben hätte, sich in Sicherheit zu bringen, in ein Café oder Restaurant oder Geschäft zu laufen, zumindest Schutz unter einem Vordach zu suchen. Stattdessen steigerte er nun sein Prinzip, sich blindlings fortzubewegen, indem er stur weitermarschierte und alsbald wirklich nichts mehr sah. Er musste sich geradezu durch den Regen hindurchzwängen, sich wie durch Lücken pressen, die der Schauer in bescheidenem Maße bot. Ihm kam es vor, kaum noch zu wissen, wo oben und unten war.

»Wie in einer gottverdammten Waschmaschine«, dachte er und sagte sich spöttisch, dass er später wenigstens sauber sein würde.

Er war für eine ganze Weile vollkommen verloren, blieb allerdings nicht an einer Stelle stehen, sondern bewegte sich weiter durch etwas, was man Nullsicht nennt. Er hätte auch gut und gern in einem der Kanäle landen oder in was oder wen auch immer hineinrennen können.

Und dann ging es zu Ende. Nicht mit dem gleichen Fingerschnippen wie am Anfang, aber praktisch mit dem Nachstoß dieses Fingerschnippens. Der Regen verwandelte sich in ein moderates Tröpfeln, das halb noch aus dem Himmel kam, halb von den Objekten der Stadt träufelte. Die Sicht klärte sich. Alles schien jetzt so viel prägnanter und schärfer als zuvor, als noch sommerlicher Dunst den Eindruck vermittelt hatte, man schaue durch eine zu schwache Brille.

Herrliche Luft, grandios sattes Blau oben am Himmel, strahlende Häuser. Und aus irgendeiner Ecke – vergnügtes Klischee der Stadt – der Duft von Marihuana.

Und da stand es.

Es war nicht so – das wäre auch zu fantastisch gewesen –, dass Paulsen praktisch mit dem Ende des Regens genau vor jenem gesuchten Haus zu stehen kam, aber der Marsch durch den Regen hatte ihn in eine neue Straße gebracht, in die er wohl ohne diesen Regen gar nicht gelangt wäre, oder zumindest nicht heute. Jedenfalls schritt er nun entlang eines ihm unbekannten Kanals und sah über den schmalen Wasserweg hinweg in vierzig, fünfzig Metern Entfernung … Es war zuerst der hässliche Klinkerbau, den er erkannte, bevor sein Blick von diesem auf das Nachbarhaus fiel.

So konnte er sich im Schutze der gegenüberliegenden Kanalseite dem Objekt mit Distanz und Respekt nähern und blieb dann in direkter Linie, aber eben getrennt durch das Wasser, davor stehen.

Klar, keiner der Radfahrer, die drüben vorbeikamen, besaß die geringste Ähnlichkeit mit ihm. Und klar, kein Baby schaute aus dem dritten Stockwerk herunter, vor allem aber konnte er keinerlei Anzeichen eines nahe an das Fenster gerückten Gitterbettes erkennen. Wobei freilich gerade Gitterbetten gerne herumgeschoben werden, viel öfter den Platz und den Ort wechseln als etwa Sofas oder Doppelbetten.

Immerhin, das Haus war eindeutig jenes auf dem Foto. Er hatte es nicht geträumt. So wenig wie den apokalyptischen Regen, der ihn praktisch an diese Stelle geführt hatte.

Er erwachte somit nicht im Bett seiner Kölner Wohnung. Und auch nicht im weichen Stuhl eines Hinterzimmers des Westdeutschen Rundfunks, wo er die kurzen Pausen zwischen zwei Terminen zuzubringen und manchen Schlaf in Sekunden und Minuten nachzuholen pflegte. Sondern stand wirklich gegenüber der »Hausdame«, die weit weniger spukhaft und gespenstisch wirkte als noch auf dem Foto seines Sohnes. Ganz ohne Baby und Doppelgänger und Gitterbett.

Er bewegte sich weiter entlang des Kanals, bis er eine dieser kleinen Brücken erreichte, die aussahen, als hätte Venedig sie ausgehaucht, und über die Paulsen auf die andere Seite gelangte. Um sich mit einem Gefühl zwischen Freude und Spannung sowie der Einsicht, total nass zu sein, dem Gebäude zu nähern.

Immerhin war die Wärme in einer Weise zurückgekehrt, dass Paulsen etwas trocknete, bis er das Haus erreicht hatte. Wo er nun stand und praktisch fertigtrocknete, während er es genau betrachtete.

Worauf wartete er?

Staubtrocken zu werden?

Oder auf ein Glück oder ein Unglück, so, als hätte die Welt nichts dazwischen zu bieten?

So ganz staubtrocken war er nicht, aber er triefte und dampfte nicht mehr, als er jetzt nahe an das

Gebäude herantrat. Unterhalb des sehr hohen Fensters zwischen Eingang und Ladentor, das mit einem schweren, schwarzen Metallgitter bewehrt war, befand sich im Mauerwerk eine schmale Nische. Wofür sie einst auch immer gedient hatte, jetzt waren darin Bücher eingestellt, die hinter einer zu öffnenden Plexiglasscheibe frei zu entnehmen waren, was dem so herrschaftlichen Haus einen mildtätigen Charakter verlieh.

Es drängte Paulsen nachzusehen, einen Blick hineinzuwerfen, obgleich es natürlich niederländische Ausgaben waren und er diese Sprache nicht beherrschte. Dennoch war es nicht allzu schwer, sich vorzustellen, um welches Buch es sich etwa bei jenem mit dem Titel *Een korte geschiedenis van de tijd* handelte, auch ohne den Namen des Autors zu lesen. Und dasselbe galt ebenso für andere Bücher wie *Op zoek naar verloren tijd* und *De tijdmachine.* Dazu brauchte es keine Holländischkenntnisse, sondern bloß Buchkenntnisse. Natürlich fiel ihm auf, dass diese und andere Titel das Wort *tijd,* also Zeit, in sich trugen. Ob das wirklich für alle galt, ließ er ungeprüft. Er schien im Augenblick zufrieden damit, einiges erkannt zu haben, schloss die Plexiglasscheibe, wandte sich nach rechts und stieg die vier Stufen hoch zur Eingangstüre.

Neben dem Eingang war ein Messingschild montiert, das eine Rechtsanwaltskanzlei auswies: *Van Dongen Advocaten Amsterdam.* Darunter eine Gegensprechanlage, deren vier Knöpfe dazu dienten, den privaten Bereich der Familie van Dongen vom Bereich der gleichnamigen Rechtsanwaltskanzlei zu trennen. Auch war eine Haustürkamera in der Anlage integriert. Dazu kam eine spezielle Überwachungskamera, die etwas höher außen an der Fassade angebracht war und das Sicherheitsbedürfnis der Bewohner dieses Hauses dokumentierte.

Wenn er jetzt läutete, was sollte er eigentlich sagen? Wie sollte er sich, Englisch sprechend, vorstellen? Sollte er erklären, sich dieses Haus darum ansehen zu wollen, weil er Wochen zuvor auf dem Handyfoto seines Sohnes etwas Mysteriöses entdeckt hatte? Lächerlich!

Lächerlich auch, sich im Vorfeld so gar keine Gedanken darüber gemacht zu haben. Als hätte er auf ein Wunder gehofft. Oder auf etwas in der Art einer Selbsterledigung.

Doch auf gewisse Weise war das nun tatsächlich der Fall. Denn soeben bemerkte Paulsen, dass die Eingangstüre nicht verschlossen war, sondern nur angelehnt.

Stimmt, das war noch lange kein Grund, einfach einzutreten. Tat er aber dennoch. Wie um sich Zeit für eine Ausrede zu verschaffen.

So gelangte er in einen äußerst schmalen Flur, der aber sogleich den Luxus und die zeitgemäße Adaption des Gebäudeinneren offenbarte: weiße Wände, ein heller, spiegelnder Kunststoffboden, LED-Lichter, die nahe den Wänden in den Boden eingelassen waren.

Dazu zwei afrikanische Masken, die rechts und links den Bereich des Eingangs bewachten.

Paulsen schritt weiter voran und überlegte, dass, sobald er einem Bewohner dieses Hauses begegnen würde, er sich als potenziellen Kunden der Kanzlei vorstellen wollte. Als einen Deutschen mit einem holländischen Problem.

Aber es war niemand zu hören, nicht hier im Flur, der nach links hin durch einen offenen Bogen in einen hohen, weit nach hinten reichenden Raum führte. Ein Wohnraum mit exklusiven Möbeln, im rückwärtigen Bereich vollständig verglast, mit Blick auf einen üppig begrünten Hinterhof. Und vor diesem hohen Glas stand ein Klavier, ein schwarzer Flügel. Paulsen musste grinsen, da er sich jetzt an das Gespräch mit seinem Sohn über das Verfrachten von Klavieren in solche schmalen Amsterdamer Kaufmannshäuser erinnerte.

Ein Klavier, aber kein Mensch hinter dem Klavier oder sonst wo im Raum. Dafür an den Wänden mehrere zwei Meter hohe Gemälde mit verschütteter roter Farbe, freilich auf eine Weise verschüttet, die gewiss einen fünf- oder sechsstelligen Betrag rechtfertigte.

Das war also nicht die Wohnung armer Leute. Aber seit wann wären Advokaten auch arm gewesen? Bloß ein paar Pflichtverteidiger im Fernsehen.

Paulsen gab ein »Hallo!« von sich. Doch es war ein schwaches, leises Hallo, das nur jemand hätte vernehmen können, wäre er in Paulsens Nähe gestanden. Doch da stand niemand.

Er verließ den Raum wieder und trat über das schmale Treppenhaus hinauf ins erste Stockwerk, wo er zur Straßenseite hin in einen nicht ganz so hohen Raum gelangte, auch dieser mit exklusiven Möbeln ausgestattet. Allerdings war der rückwärtige Teil, also der, der auf den Innenhof wies, abgetrennt, dahinter befanden sich vermutlich die Schlaf- und Badezimmer und sonst wie in die Intimität führende Räume. Doch auch hier kein Mensch, der Paulsens schüchternes, mit nur einem halben und sehr dünnen Rufzeichen ausgestattetes »Hallo!« hätte registrieren können. Zugleich aber vernahm er Schritte über sich, dort, wo sich nach seiner Einschätzung die Büroräume der unten an der Fassade angekündigten Rechtsanwaltskanzlei befinden mussten. Was ein wenig im Widerspruch dazu stand, dass auf dem Foto seines Sohnes genau in diesem Stockwerk ein Gitterbett und ein Baby zu sehen gewesen waren. Aber das war ja bereits erwähnt worden, diese gewisse Mobilität von Gitterbetten. Und natürlich ebenso von durch die Gegend getragenen Babys.

Er stieg nach oben und näherte sich damit auch den Stimmen der Personen, die sich oben in der Kanzlei aufhielten. Wobei Paulsen bemerkte, wie leise er selbst sich bewegte. Nicht schleichend, aber doch mit einer instinktiven Vorsicht. Oder war es Höflichkeit? Jedenfalls funktionierte es erstaunlich gut, denn so alt das Gebäude sein mochte, die Böden und Treppen verfügten über eine »weiche Stabilität«, etwas Federndes, aber kein Knarren und Poltern und Klopfen, das einen auch noch so gemächlich Hochsteigenden geräuschvoll angekündigt hätte.

Und so blieb er unbemerkt von jenen Personen, die sich im dritten Stockwerk aufhielten – in dem eine Kanzlei beherbergenden Gitterbettstockwerk. Und das war gut so, nicht bemerkt zu werden. Sehr gut sogar.

Noch befand sich Paulsen in dem schmalen Gang, der – auch hier durch einen offenen Bogen – in einen weiten Büroraum führte.

Was er zuerst sah, war ein Mann. Ein auf einem Stuhl sitzender Mann, dem das Blut aus Mund und Nase und aus den Wunden in seinem Gesicht hinunter auf sein weißes Hemd und den hellgrauen Anzug tropfte. Er war nicht gefesselt, hatte die Hände fest gegen die Oberschenkel gestützt, schien sich aber kaum noch aufrecht halten zu können. Doch er kämpfte um dieses Aufrechtbleiben, als würde ein Umkippen dazu führen, nie wieder aufstehen zu können.

Paulsen hätte jetzt sofort umdrehen müssen. Er war lautlos heraufgekommen, er würde lautlos auch wieder hinuntergelangen. Unten vor dem Haus könnte er dann Alarm schlagen und die Polizei benachrichtigen.

Aber es ging ihm wie einem Kind, das sich vor einer Szene in einem Film fürchtet und doch nicht aufhören kann, auf den Bildschirm zu starren. Unbedingt wissen will, in welcher grausamen Weise sich das Geschehen fortsetzt.

Paulsen tat zwei kleine Schritte, sodass sich sein Blickfeld vergrößerte. Er erkannte jetzt neben dem blutenden Mann eine Frau auf einem weiteren Stuhl. Sie war unverletzt und ebenfalls nicht gefesselt. Sie saß ungemein aufrecht, wie von einer Stange auf dem Rücken *begradigt,* und blickte starr geradeaus. Es war deutlich zu erkennen, dass sie es nicht wagte, zu dem Mann hinüberzusehen – und es war ganz sicher *ihr* Mann, der dort blutend saß; sie war nicht die Sekretärin, sie war die Ehefrau, da war sich Paulsen sofort sicher –, sie vermied also den Blick zur Seite. Schaute nach vorne, gerade, versteinert. Unendlicher Schrecken in versteinerter Form.

Vor diesen beiden, dem Gefolterten und der Frau, befanden sich zwei Männer, sie standen mit dem Rücken zu Paulsen. Aber auch ihre Rückseiten offenbarten ihr Wesen. Große, breite Männer, Männer in Übergrößen. Sie sprachen abwechselnd auf den blutenden Mann ein, niederländisch natürlich, bevor nun einer von ihnen erneut ausholte und seine schwere, mächtige Faust ins Gesicht des Sitzenden tauchte. Wobei dieser Schlag schon ein wenig ermüdet wirkte, auch so, als käme es nicht mehr darauf an, die Faust mit letzter Kraft im Gesicht unterzubringen und auf diese Weise das Opfer endlich vom Stuhl herunter und in eine rettende Ohnmacht zu befördern.

Doch es kam viel schlimmer.

Mit großer Plötzlichkeit zog der andere der beiden Männer eine Pistole mit Schalldämpfer aus dem

Inneren seines Jacketts hervor, hielt den verlängerten Lauf gegen die Stirn des blutenden Mannes und sagte: »Genoeg is genoeg.«

Auch dafür brauchte Paulsen keine Übersetzung.

Dann drückte der Mann ab.

Der Blutende kippte zur Seite, fiel vom Stuhl und … Es war kein heftiger Aufprall, es sah eher aus, als wäre da irgendetwas in der Luft, das den Sturz des Leblosen bremste. Etwas wie eine unsichtbare Hand. Etwas wie eine Regieanordnung, die diese Szene in Zeitlupe zu sehen verlangte.

So fiel der blutende Mann geradezu sanft auf den Boden. Tot war er trotzdem.

Die Frau hatte die Augen geschlossen. Der erstarrte Schrecken in ihrem Gesicht zuckte jetzt wie ein Stein, der lebt. Tränen liefen über ihre Wangen. Ihr Gesicht glänzte bitter.

So vollkommen unnötig dieser Gedanke auch war, dennoch dachte Paulsen, dass die rote Farbe ihres Kostüms auf erschreckend schöne Weise dem Blut des Toten glich. Als wäre auch dies irgendeiner Regieanweisung zu verdanken. Als hätte jemand gerufen: »Ich will hier alles in der gleichen Farbe, verstanden!« Und nicht weniger unnötig, allerdings um einiges nachvollziehbarer, war der Gedanke, dass ihn, Paulsen, ein gottverdammtes Foto seines Sohnes, das ihm gottverdammterweise nicht aus dem Schädel gegangen war, überhaupt erst in diese Situation gebracht hatte.

Immerhin, er war noch nicht bemerkt worden.

Nicht von den beiden Männern, die hier als Schläger und Killer agierten. Allerdings öffnete nun die Frau ihre Augen, Augen hinter einer Wasserwand. Durch die Wasserwand fiel ihr Blick. Und dieser Blick ging geradewegs in Paulsens Richtung. Ja, die Frau konnte ihn, den Fremden, jetzt sehen. Sie sah ihn, und er sah sie. Sodass in diesem Moment ihre Blicke … nein, sie stießen nicht zusammen, sondern schienen gemäß den Gesetzen der Gravitation einander zu umkreisen.

Im Blick der Frau lag etwas Flehendes. Dass er sie retten möge? Oder eher, dass er sich selbst retten und, solange es noch ging, sich in Sicherheit bringen solle?

Aber dafür war es ganz einfach zu spät.

Auf eine halb bewusste Weise spürte Paulsen, ja genau darum hier zu sein, von einem aus einem Handyfoto herausgebrochenen Schicksal zu exakt diesem Zeitpunkt an exakt diese Stelle geleitet worden zu sein. Das spüren eigentlich alle Leute, die irgendwie gezwungen sind, eine Lebensrettung vorzunehmen. Außer natürlich, wenn sie professionelle Lebensretter oder professionelle Helden sind, für die das Retten zum Alltag gehört.

Paulsen war weder das eine noch das andere. Und ganz sicher verfügte er bei aller bürgerlichen Sportlichkeit über keinerlei Kenntnisse im Nahkampf und Pistolenschießen. Auch durfte er nicht vermuten – wie sich so was wohl in einem Buch oder Film jetzt herausgestellt hätte –, in Wirklichkeit ein von irgendeinem Geheimdienst ausgebildeter Agent zu sein. In der Art eines Schläfers. Jemand, der diese Ausbildung lange Zeit verdrängt hatte, sich jedoch, indem er nun in einen Kampf mit Schurken geriet, wieder an seine tödlichen Fähigkeiten erinnerte. Wie man sagt: Schlittschuhlaufen verlernt man nicht.

Nein, Roy Paulsen erinnerte sich an nichts dergleichen. Aber handeln würde er müssen.

Denn in diesem Augenblick – ein Augenblick, in dem niemand etwas sagte, man aber meinte, die Luft stöhnen zu hören – schob der Mann mit der Waffe seinen mit einem Silencer ausgestatteten Pistolenlauf in Richtung der Frau und hielt ihn auch gegen ihre Stirn.

Ganz klar, hier war nicht mehr daran gedacht, irgendetwas aus dieser Frau herauszupressen, ihr irgendeinen Ausweg anzubieten, sondern sie schlichtweg gleich ihrem Mann zu liquidieren.

Paulsen löste sich aus seiner skulpturalen Steife und rannte los. Und wenn so etwas wie Macht in seinem Handeln bestand, dann einzig dadurch, wie aus dem Nichts aufzutauchen.

Laufen konnte er ganz gut. Und in der Tat war er äußerst rasch bei dem Mann mit der Waffe – noch immer in dessen Rücken, wie eben auch im Rücken des anderen – und stieß mit seiner Hand gegen den Pistolenlauf, aus dem sich in diesem Augenblick eine Kugel löste.

Niemand wird behaupten, Kugeln hätten einen freien Willen und würden hier und da einen anderen Weg wählen als den, der sich allein aus den Gesetzen der Physik ergibt: der Ballistik und Atmosphäre, nicht zuletzt den diversen Störfaktoren. Wobei Roy Paulsen – auch er im Einklang mit der Physik – einen ganz erheblichen Störfaktor darstellte. Trotzdem ist es zumindest vom Standpunkt einer romantischen Verklärung der Verhältnisse ein schöner Gedanke, dass die aus dem Schalldämpfer austretende Kugel nicht nur unter dem Einfluss der Paulsen'schen Intervention *nicht* den Kopf der sitzenden Frau traf und an diesem Kopf vorbeiflog, sondern auf eine *gewollte* Weise in jenen rechts von ihr stehenden zweiten Mann eindrang. Und zwar zwischen seine Augen. Sodass man sagen konnte, die Kugel habe diesen Kopf für den anderen genommen. Und zwar gerne.

Praktisch mit der gleichen, von ihm selbst verursachten Bewegung traf der Lauf der Waffe aber auch Paulsens rechte Wange. Weshalb es ihn nach hinten schleuderte und er zu Boden fiel.

Der Mann mit der Waffe – er hatte sie noch immer in seiner Hand – war auch nicht ganz langsam. Er drehte sich herüber und stand jetzt mächtig über Paulsen, hielt den Arm gerade nach unten und richtete die Pistole auf den Liegenden.

Er fragte etwas. Mit einer Stimme aus rauen Fasern. Fasern, die glühten. Also eher Drähte.

Gut möglich, dass er wissen wollte, von wem Paulsen geschickt worden war. Etwas in dieser Art.

Natürlich hätte es nichts gebracht zu erklären, dass das Handyfoto seines Sohns ihn an diesen Ort gelenkt hatte. Paulsen ahnte ja, dass der Kerl schießen würde, gleich, was er ihm mitteilte. Gleich in welcher Sprache. Darum bereitete es ihm ein kleines Vergnügen, jetzt einfach auf Deutsch zu erklären: »Fick dich doch, du Fettsack!«

Fett war eigentlich das falsche Wort, die Person war ja eher ungemein breit und bullig, aber »bulliger Sack« hätte blöd geklungen und »breiter Sack« harmlos. Der Mann konnte sich ohnehin denken, wie es gemeint war.

Er lächelte in einer verspielten Art, auch er wie ein Kind, das soeben einen Holzklotz aus der heikelsten Stelle eines von einem Spielkameraden erbauten Turms herauszieht.

Auf solche Weise vergnügt, war er im Begriff abzudrücken.

Und Roy Paulsen im Begriff zu sterben.

Aber das war ganz einfach nicht die Lösung in dieser Geschichte. Und zwar nicht darum, weil Roy Paulsen das selbst entschied und etwa durch eine geschickte Rolle seitwärts aus dem Schussfeld geraten wäre. Er würde das erst viel später begreifen, wie sehr das Handyfoto seines Sohns einen Tod hier und jetzt gar nicht zulassen konnte.

Ein Schuss!

Paulsen zuckte zusammen, fühlte sich getroffen. Aber es war nicht *sein* Kopf, aus dem Teile von Blut und Hirn traten, sondern der Kopf des Mannes über ihm. Sodass also die Spritzer in Paulsens Gesicht ebenfalls von diesem Mann stammten, dessen Schusshand niedersank und mit ihr der ganze Körper. Er stürzte also nicht zur Seite wie sein Kompagnon, sondern fiel wirklich in sich zusammen, sich in sich selbst verschränkend. Er wurde zu einem Haufen. Einem merkwürdig kleinen Haufen angesichts der Körpermaße des zuvor Stehenden und Lebenden. Als wär's ein Kunststück aus dem chinesischen Staatszirkus: die Faltung eines toten Mannes.

Und indem sich dieser tote Mann zauberkunstartig faltete, wurde für Paulsen die Frau sichtbar, die dahinter gestanden hatte. Sie hielt eine Pistole in der Hand und zielte noch immer auf den Punkt, wo eben noch der Kopf des nun gefalteten Mannes gewesen war.

Sie sagte etwas, was Paulsen nicht verstand, aber es klang, als schickte sie dem Erschossenen einen Fluch hinterher.

In ihrer Stimme war gleichzeitig so viel Kraft und Schwäche, so viel Wut und Angst.

Jetzt lief sie hinüber zu dem zuerst Erschossenen, den Roy für ihren Ehemann hielt, kniete sich vor dessen malträtierten Körper, legte einen Finger an seinen Hals, dann die linke Hand auf seine Brust. Aber natürlich, da war kein Leben mehr.

Eine Weile verharrte sie in dieser Position. Was für Roy erstaunlicherweise so aussah, als würde sie einen Ritterschlag entgegennehmen. Als würde der Tote sich jetzt gleich erheben und an der knienden, ihren

Kopf tief gesenkt haltenden Frau den bekannten Ritus vollführen.

Aber es war sie selbst, die sich erhob. Wobei sie weiterhin die Pistole in der rechten Hand hielt, woher auch immer sie die hatte. Möglich, dass sie sie bei sich getragen hatte. Oder ihr Mann hatte eine getragen. Am wahrscheinlichsten war wohl, dass sie diese Waffe dem Typen abgenommen hatte, der von der abgelenkten Kugel seines Partners tödlich getroffen worden war.

In jedem Fall hatte die Frau nicht lange gebraucht. Nicht lange gebraucht, die Waffe aus dem Halfter des leblos Daliegenden zu ziehen. Und nicht lange gebraucht, um treffsicher den Mörder ihres Mannes zu töten.

Diese Waffe in der Hand, trat sie nun an dem »gefalteten Mann« vorbei auf Paulsen zu und fragte ihn – auf eine holländische Weise Deutsch sprechend und möglicherweise dieselbe Frage stellend wie der Mann, den sie eben erschossen hatte –, wer ihn geschickt habe.

Paulsen richtete sich auf. Ein Knie noch auf dem Boden, sah er zu ihr hoch und meinte: »Niemand. Niemand hat mich geschickt.«

»Was machen Sie dann hier?«

»Ich habe Ihnen das Leben gerettet. Und gleich darauf haben *Sie* mir das Leben gerettet.«

»Das schon, aber … was tun Sie hier im Haus?«

Sie schüttelte ungläubig den Kopf. Man sah, dass sie zitterte.

»Ich wollte mir nur das Gebäude ansehen«, erklärte Paulsen und richtete sich vollständig auf. »Ich war einfach interessiert.«

»Interessiert? Wie denn? Sind Sie ein Tourist?«

Paulsen nickte. Aber die ganze Wahrheit war das natürlich nicht.

Endlich meinte er: »Wir müssen die Polizei rufen.«

»Ja ...«, sagte sie. Aber es war ein hörbares Zögern in ihrer Stimme. Sie überlegte.

»Mein Gott, das war Notwehr!«, rief Paulsen. »Hätten Sie den Kerl da nicht erschossen, wären wir jetzt beide tot. Und nicht nur Ihr Mann.«

»Er ist nicht mein Mann.«

»Nein?«

»Er ist mein Bruder.«

Das war etwas, was Roy Paulsen erst nach und nach erfahren und begreifen würde, dass Lia van Dongen zusammen mit ihrem Bruder diese Kanzlei geführt und dass sich die beiden den eleganten Wohnbereich geteilt hatten, sie im größeren Stockwerk unter der Kanzlei, er im kleineren darüber, während die hallenartige Lounge zu ebener Erde von beiden genutzt wurde, um Gäste, Kunden und Freunde zu empfangen. Beide waren Singles, Willem van Dongen bei seinem Tod sechsunddreißig, die ältere Schwester Lia bei ihrem Überleben einundvierzig.

Noch immer zögerte sie.

Woraufhin Paulsen meinte: »Was überlegen Sie denn?«

Lia gab ihre wartende Haltung auf und bewegte sich zu dem hohen, vergitterten Fenster, das hinunter auf die Straße und den Kanal wies und hinter dem Paulsen vor drei Wochen – damals auf einem Foto – ein Baby und ein Gitterbett gesehen hatte, sich jetzt aber ein mächtiger Büroschreibtisch befand. Sie legte die Waffe ab und griff nach dem Telefonhörer, um die Polizei zu rufen.

Als das geschehen war, wollte Paulsen wissen, ob das hier einfach ein Raubüberfall gewesen sei.

»Fragen Sie das im Ernst? Ein Raubüberfall, bei dem zwei Menschen hingerichtet werden sollen?«

»Sie sind Anwältin, nicht wahr?«

»Ja, ich führe die Kanzlei zusammen mit meinem Bruder.«

Jetzt schaute sie hinüber zu dem toten, blutüberströmten Bündel Mensch, das einst ihr Bruder gewesen war.

Ein Bündel, ein Haufen – während allein der dritte Tote sehr gerade auf dem Rücken lag und im Tod nicht irgendwie verkleinert und verwandelt schien.

Die Anwältin brach aber nicht zusammen, wirkte nun gefasst und kontrolliert. Nicht kalt, das nicht. Jedoch beherrscht. Das Zittern war verschwunden. Auch die Schwäche in ihrer Stimme. Die jetzt nur noch aus Kraft bestand.

Und mit dieser Kraft entschied sie, den Raum zu verlassen und sich in das darunterliegende Stockwerk zu begeben, um dort auf die Polizei zu warten.

»Sie kommen also aus Deutschland?«, fragte sie.

»Aus Köln«, erklärte Paulsen.

Die beiden stellten sich mit Namen vor, was etwas Komisches hatte, diese gewisse Förmlichkeit, mit der sich zwei Menschen begegneten, die einander soeben das Leben gerettet hatten, während ein Stockwerk über ihnen drei Tote lagen.

»Unten war die Türe offen«, rechtfertigte sich Roy, »und ich wollte mir das Haus unbedingt von innen ansehen.«

»Warum ausgerechnet?«, fragte Lia.

Roy blieb nun insofern bei der Wahrheit, als er durchaus von seinem in Amsterdam lebenden Sohn berichtete, der ihm Fotos von seinen Stadtrecherchen gezeigt hatte, darunter auch ein Bild dieses Gebäudes. Allerdings ließ Roy unerwähnt, dass es ein doppelgängerischer Radfahrer *vor* dem Haus und der Anblick eines vermuteten Babys *im* Haus gewesen waren – somit ein gewisser subtiler Grusel –, die ihn derart animiert hatten, diese Adresse aufzusuchen.

Doch anstatt davon zu sprechen, fragte er: »Was wollten diese Killer von Ihnen?«

»Mit meinem Bruder abrechnen. Er hat sich mit einem Klienten eingelassen, mit dem er sich niemals hätte einlassen dürfen. Es gibt diese Leute, die die ganze Welt betrügen und sich darum selbst immer als Betrogene fühlen, so mächtig sie auch sind.«

Für diesen Mann, den Lia van Dongen nicht beim Namen nannte, hatte ihr Bruder offensichtlich einige zentrale Prozesse gewonnen, Prozesse, die nach jenem altbewährten Muster abliefen, bei dem wichtige Zeugen der Staatsanwaltschaft schlichtweg umfielen, manche im wahrsten Sinn des Wortes, bei anderen genügte die Drohung, ein Umfallen herbeizuführen. Das galt auch für manche sogenannte Kronzeugen, die kurz vor Prozessbeginn die Lust verloren, sich für die »Sache der Krone« einzusetzen und sich einfach an nichts mehr erinnern konnten. Oder die dann Aussagen tätigten, die eher dem Bereich der Geistesverwirrung als der Beweisführung zugeordnet werden konnten.

Nicht dass Willem van Dongen an dieser außergerichtlichen Beeinflussung von Zeugen irgendwie beteiligt gewesen wäre. Seine Aufgabe war allein gewesen, sich darauf zu konzentrieren, die Schwächen einer Anklage darzulegen, Formfehler zu finden – und Formfehler lassen sich eigentlich immer finden –, Befangenheiten, Ungereimtheiten, Widersprüche in Gutachten und Polizeiberichten. Die Arbeit eines Rechtsanwalts besteht genau genommen darin, einen Fehler zu entdecken. Weniger die eigenen Argumente als die der Gegenseite im Blick zu haben. Einen Fehler herauszulösen, der alles andere, jede Wahrheit, jeden Beweis, jede Aussage, außer Kraft setzt, alles andere in einen Abgrund reißt. Ein Abgrund, der zu einem Freispruch oder zur Einstellung eines Verfahrens führt. Und wenn dann auch noch die Kronzeugen sich ihr Krönlein vom Haupte reißen …

Lia selbst hatte nichts mit diesen Angelegenheiten zu tun gehabt, allein ihr Bruder. Doch wie es schien, war dessen Klienten – der sein Imperium gerne mit einem Konzertorchester verglich, das er dirigiere und »zur Schönheit erziehe« – die Information zugetragen worden, sein Anwalt arbeite seit kurzer Zeit mit einer Ermittlungseinheit der Polizei zusammen. Einer Einheit, die gegründet worden war, um ihn, den »Dirigenten«, endlich ins Gefängnis zu bringen. Anstatt dass er weiter seine Freiheit genoss und neben seinen Geschäften auch die schönen Künste und die Krebsforschung förderte sowie einen kleinen Fußballverein, der dank seiner Zuwendungen gerade dabei war, ein großer Fußballverein zu werden. Und nicht zu vergessen, er war ein Freund der Literatur, der einen wichtigen internationalen Preis gespendet hatte – also das Preisgeld, er war nicht so unklug, sich in die Preisvergabe einmischen zu wollen. Somit war er auch ein Freund der Literaten und Literatinnen. Aber eben *kein* Freund einiger ehrgeiziger Polizisten und Bekämpfer der Korruption.

Ob es nun wirklich stimmte, dass sich Willem van Dongen – schließlich weder Literat noch Krebsforscher noch Fußballspieler – auf einen Deal mit den Sonderermittlern und der Staatsanwaltschaft eingelassen hatte, oder hier einfach ein Gerücht den notorisch sich verfolgt fühlenden Magnaten animiert hatte, auf Nummer sicher zu gehen, dies würde zunächst einmal völlig offenbleiben. Wie auch die Frage, ob die beiden Männer wirklich beauftragt gewesen waren, eine Tötung vorzunehmen. Oder ob hier eine geplante Drohung und Einschüchterung aus dem Ruder gelaufen war und die versuchte Erschießung Lias eine logische Folge dieser aus dem Ruder gelaufenen Aktion gewesen war.

Sie selbst wäre somit bloß die Zeugin dieser »missglückten Belehrung« gewesen. Und hätte darum sterben sollen.

Stattdessen hatte sie überlebt, während die Killer und ihr Bruder wie drei Variationen zu einem Thema auf dem Boden lagen und allerletztes Blut ihre toten Körper verließ.

Es war immer ein wenig peinlich, wie gut Niederländer oft Deutsch sprachen und wie selten das umgekehrt der Fall war. Jedenfalls war auch jener Kriminalkommissar, der den Einsatz leitete und der im Übrigen die Sonderermittlung gegen Willems Klienten führte, des Deutschen bestens mächtig. Wie Paulsen noch erfahren sollte, hatte dieser Beamte in Kiel und München studiert und eine Zeit lang für Europol in Den Haag gearbeitet. Um nun in Amsterdam berühmt geworden zu sein, allerdings nicht durch sein Polizistendasein und seine Sonderermittlung, sondern wegen seiner Hochzeit mit einer bekannten Schauspielerin, von der er selbst sagte, er sehe sie häufiger in ihren Filmen als im wirklichen Leben. Sein Name … nun, sein Name hätte gut und gerne auch einem Computerspiel von Paulsens Sohn entsprungen sein können, er hieß nämlich Joos Tulp, was einen natürlich sofort an eins der berühmtesten Gemälde Rembrandts erinnerte, *Die Anatomie des Dr. Tulp,* welches zwar nicht in Amsterdam, sondern in Den Haag hängt, aber dort war der Kommissar schließlich auch gewesen.

Man kann sich vorstellen, dass Tulps Besuche in der Gerichtsmedizin selten ohne ironische Verweise auf dieses berühmte Bildnis einer anatomischen Vorlesung auskamen, und nicht zuletzt besaß ja auch Commissaris Tulp einen Doktortitel. Sowenig er diesen zwar ins Feld führte – und auch keiner in seiner Abteilung erwähnte ihn jemals –, in der Gerichtsmedizin und der Pathologie bestand man darauf, ihn mit *Dr. Tulp* anzusprechen. Und da nützte es nichts, dass er sagte, er sei kein Gemälde.

Tulp war jedenfalls ein mittelgroßer, sorgsam gekleideter Mann in seinen frühen Fünfzigern, ein in jeder Hinsicht kompakter Mann. Ein Mann ohne Lücken. Von einer kastenartigen Statur.

Und er war fraglos ein in jeder Hinsicht unbestechlicher Kriminalpolizist. Man spürte das, wenn man ihn sah. Er verströmte eine Resistenz. Er hatte etwas von einer Mauer, dabei waren seine Gesichtszüge eher weich. Für die, die sich noch alte französische Filme ansahen oder sich zumindest früher einmal alte französische Filme angesehen hatten, erinnerte er an Jean Gabin, der ja die Simenon'sche Figur des Kommissar Maigret in drei Filmen verkörperte. Nur dass Tulp etwas weniger grimmig als Gabin dreinschaute, während man Gabin eigentlich nur mit heruntergezogenen Mundwinkeln kannte. Ja, Tulp war ein freundlicher Gabin, dennoch eine Mauer, eine freundliche Mauer.

Diese freundliche Mauer stand nun inmitten des Zimmers, während die wie üblich gleich einer Kolonne von Anstreichern gekleideten Beamten der Spurensicherung den Tatort kartografierten, Proben nahmen, eine Chronologie der Ereignisse erstellten, in erster Linie natürlich den Weg verfolgten, den die drei tödlichen Kugeln genommen hatten. Doch im Vergleich zu anderen Schießereien, wo die Forensiker unzählige Kugeln aus Wänden zu kratzen hatten oder auch vergeblich nach ihnen suchten, waren diese drei Kugeln mit der größten Effektivität in drei Köpfe eingedrungen und hatten drei Menschen getötet, wobei nur das dritte Projektil aus dem Schädel des Getroffenen wieder ausgetreten war, dabei allerdings so stark abgebremst worden war, dass es praktisch noch in der Luft alle Kraft verloren hatte und auf dem hellen Holzboden aus sandweißer Esche gelandet war.

Die Tötung des Willem van Dongen war für die Polizisten so einfach zuzuordnen wie die Notwehr, in der Lia van Dongen und Roy Paulsen gehandelt hatten, freilich mit dem wesentlichen Unterschied, dass Roy keineswegs einen Schuss abgegeben, sondern in ungeordneter Weise eine Flugbahn beeinflusst hatte. Während dagegen Lia mit durchaus geordneter Präzision nicht etwa ein Bein oder einen Arm oder eine Schulter anvisiert hatte, um den Killer außer Gefecht zu setzen, sondern ihm von hinten in den Kopf geschossen hatte. Gut, der Killer hatte zuvor ihren Bruder umgebracht und war gerade dabei gewesen, dies auch Roy Paulsen anzutun. Ein Schuss ins Bein oder bloß ein Schuss in die Luft wären da kaum ein probates Mittel gewesen, zum Guten zu wenden, was noch zu wenden möglich gewesen war. Dies war festzuhalten, würde aber nichts am Umstand der Notwehr ändern. Und war ja auch um einiges klarer als die Frage nach dem Grund für Roy Paulsens Anwesenheit an diesem Ort.

Auch Tulp gegenüber wiederholte Roy, sich allein aus einem architektonischen und historischen und letztlich touristischen Grund in dieses Haus begeben zu haben, in das er ja nicht etwa eingebrochen war, sondern durch die unverschlossene, angelehnte Türe getreten war.

»Da sollte man aber dennoch klingeln, oder?«, meinte Tulp.

»Das war keine Wohnungstüre«, insistierte Roy, »sondern eine Haustüre. Läuten Sie denn an offenen Haustüren?«

»Ich bin der Polizist«, stellte Tulp fest, »ich stelle die Fragen.«

»Also, ich habe mich da nicht reingeschlichen«, erklärte Roy, obgleich eigentlich genau das der Fall gewesen war, »sondern ich war auf der Suche nach einem Bewohner, um nachzufragen, ob ich mir das Gebäude ansehen dürfe. Das soll bei an der Architektur interessierten Menschen schon hin und wieder mal vorkommen. Die sind lästig, das ist ihre Natur.«

»Was arbeiten Sie eigentlich?«, wollte Tulp wissen.

»Ich bin Visagist«, antwortete Roy.

Woraufhin Tulp nachgiebig feststellte: »Nun, dann beschäftigen Sie sich immerhin mit der Architektur von Gesichtern.«

»Man sollte nicht glauben«, erklärte Roy, »wie sehr sich die Gesichter von Menschen und die Gesichter von Fassaden ähneln. Und beide bedürfen ja einer Pflege und mitunter einer Erneuerung.«

»Sie sind aber nicht in dieses Haus hineinmarschiert, weil es Sie an das Gesicht eines Menschen erinnert hat?«

»Nein.«

»Und Sie sind Frau van Dongen noch nie vorher begegnet?«

»Nein.«

»Es ist also reiner Zufall?«

»Wenn Sie mir sagen, was ein Zufall ist. – Aber ja, ich hatte keine Ahnung, was mir in diesem Haus zustoßen wird.«

»Ihnen ist klar, dass Sie sich in den nächsten Tagen zur Verfügung halten müssen«, sagte der Commissaris und erkundigte sich nach Paulsens Aufenthaltsort.

Roy nannte das kleine Hotel, überlegte dann aber, dass es wohl besser sei, auch davon zu sprechen, dass sein Sohn in Amsterdam lebt und arbeitet. Er erzählte von dessen Projekt und erwähnte natürlich das Handyfoto, das ihn ja überhaupt erst auf die Idee gebracht hatte, sich dieses bestimmte Haus anzusehen.

»Dann ist es aber kein reiner Zufall mehr«, stellte Tulp fest und wollte wissen, ob Paulsen von seinem Sohn speziell auf dieses Haus aufmerksam gemacht worden war.

»Nein, das war eine Flut von Fotografien. Er sucht ja die ganze Stadt nach geeigneten Objekten für sein Computerspiel ab.«

Das war nun erneut gelogen. Aber Roy wollte es nicht nur vermeiden, von einem Rad fahrenden Doppelgänger und einem Baby sprechen zu müssen, umso mehr, als hier und jetzt nirgends ein Baby zu sehen war. Nein, auf eine gewisse Weise hatte er es selbst vergessen, besser gesagt war ihm die »Architektur-Argumentation« derart lieb geworden – ja, ans Herz gewachsen, war die richtige Formulierung –, dass von einem bewussten Verschweigen schon nicht mehr die Rede sein konnte. Nicht in diesem Moment.

Zudem verspürte Roy kein geringes Glück darüber, in diese Situation geraten zu sein. Denn das war das mit Abstand Aufregendste und Extremste, was er je erlebt hatte. Es war genau die Sache, die man einmal in seinem Leben durchmachen möchte, aber unter der Bedingung, sie zu überleben. Bloß dass man eine solche Bedingung im Vorhinein leider nicht stellen kann. Sondern im besten Fall ihre Erfüllung erst im Nachhinein mit Freude konstatiert. Wenn man dann noch konstatieren kann.

Nachdem der Tatort auf die modernste Art *festgehalten* worden war, wurden die Leichen abtransportiert und die Gerätschaft samt den Proben und Beweisstücken eingepackt. Dazu diverse Computer und Unterlagen, die es in der Kanzlei zu finden gab, was ein Geschenk für Tulp darstellte. Denn im Zuge seiner Ermittlungen gegen van Dongens Klienten war es ihm bislang unmöglich gewesen, eine Hausdurchsuchung der Rechtsanwaltskanzlei zu erwirken. Doch mit dem Tod des Advokaten und der beiden Angreifer – durchaus keine Unbekannten – war es nun ein Leichtes, mitzunehmen, was Tulp für nötig hielt und wofür er von der Staatsanwaltschaft jegliche Rückendeckung erhielt.

Und auch Lia wehrte sich nicht gegen die *Ausräumung* einer Kanzlei, an der sie immerhin beteiligt war. Und innerhalb derer sie als Spezialistin für Familienrecht agierte, wobei die Familien, mit denen sie es zu tun hatte, zwar nicht aus lauter Heiligen und Engeln bestanden, aber keinerlei mafiöse Imperien vertraten. Weshalb auch die Unterlagen, die Lias Fälle betrafen, von der *Tulp'schen Ausräumung* ausgespart blieben.

Nachdem dies erledigt war, wurde der Zugang zum Tatort versiegelt, und man begab sich ins unterste Stockwerk, wo man Roys und Lias Fingerabdrücke nahm, bevor Tulp noch weitere Fragen stellte, assistiert von einem Mann mit Schnurrbart und einem

Kopfhaar, das etwas Metallisches besaß. Der ganze Mann – mit Ausnahme seines weichen Schnurrbarts – hatte etwas Metallisches. Metall mit Schrammen und Beulen und einem Kratzer hier und da.

»Sie wissen schon, dass ich soeben meinen Bruder verloren habe«, reagierte Lia auf diese gewisse Lästigkeit, mit der Tulp seine Fragen nach dem Tathergang stellte.

»Seien Sie lieber froh«, entgegnete der Kriminalist, »dass ich im Moment noch die Presse aus der Sache heraushalte. Oder denken Sie, das ist simples Glück, dass draußen vor der Tür keinerlei Journalisten zu sehen sind?«

Um anzufügen, dass auch Roy über diesen Umstand froh sein könne. Man bedenke, ein deutscher Visagist inmitten einer Dreifachtötung.

»Ich bin ja auch froh«, sagte Roy.

»Sie müssen ebenso bedenken«, erklärte der Commissaris, »dass jene Leute, die diese beiden Killer beauftragt haben – sowenig wir das werden nachweisen können –, sich gewiss dafür interessieren, wer ihnen hier … wie sagt man, in die Suppe gespuckt hat.«

Das hatte Roy in der ersten Euphorie des Überlebthabens nicht bedacht. Wie sehr der Sinn solcher Geschichten immer auch in ihrer Fortsetzung bestand. Selbst die harmloseste Lebensrettung besaß gewissermaßen einen Schwanz, einen Schwanz, der ausschlug und die Luft verwirbelte. Und diese doppelte Lebensrettung war nun wahrlich nicht harmlos gewesen.

»Werden Sie mich schützen?«, fragte Roy.

»In erster Linie schützen wir Sie dadurch, indem wir Ihren Namen aus der Öffentlichkeit heraushalten. Aber so ein Heraushalten hat Grenzen, ich will das nicht beschönigen. Wir werden also auf Sie achtgeben. Wenn Sie es nicht merken, dann ist das gut so, dann merken auch andere es nicht. Aber seien Sie versichert, wir sind da.«

»Wie lange?«

»Es gibt für alles ein Ende«, meinte Tulp ernüchternd. »Aber wir werden zusehen, das Ende so weit wie möglich hinauszuzögern.«

Das war eine beängstigende Formulierung, und Roy hoffte, dass sie dem Umstand einer ungenügenden Übersetzung zu verdanken war.

Der Kommissar stellte noch einige abschließende Fragen, die die Biografie und die Familienverhältnisse des ermordeten Rechtsanwalts betrafen, betonte gegenüber Roy erneut die Notwendigkeit seiner Verfügbarkeit, kündigte einen baldigen Termin in der Rechtsmedizin an und verließ nun zusammen mit seinem Assistenten das Haus.

Nicht ohne Roy zu fragen: »Sollen wir Sie zu Ihrem Hotel bringen?«

»Danke«, sagte Roy, »*noch* bin ich Tourist. Ich werde zu Fuß gehen.«

Auch dieses »noch« klang etwas merkwürdig, war aber ganz sicher keiner fragwürdigen Übersetzung zu verdanken. Roy wusste selbst nicht, was genau er damit meinte. *Noch* am Leben? *Noch* unerkannt von irgendwelchen Schergen?

Faktum war, dass er mit Lia van Dongen in deren großzügiger, von meterhohen Schüttbildern, einem schwarzen Flügel und wuchtig-eleganten Sitzmöbeln aus cremefarbenem Leder beherrschten Lounge zurückblieb.

Wozu?

»Wissen Sie«, sagte Lia, »was mein Bruder in einer solchen Situation jetzt gefragt hätte?«

»Und was?«

»Er hätte gefragt, ob Sie etwas trinken wollen. Er liebte jede Situation, die ihm die Möglichkeit gab, seinem Gegenüber einen Drink anzubieten. In besonders guten wie in besonders schlechten Situationen. In den besonders schlechten sogar noch etwas lieber.«

»Dann wollen wir ihm die Freude machen, oder?«, meinte Roy.

»Genau daran dachte ich. Eine schlechtere Situation kann es schließlich nicht geben.«

»Aber wirklich.«

»Er liebte Gin«, erklärte Lia. »Mögen Sie Gin?«

»Ja«, sagte Roy, wie man sagt: »Regen.« Oder wie man sagt: »Sonne.« Jedenfalls eine unerschütterliche Einrichtung der Natur meint.

Lia bewegte sich hinüber zu einer kleinen Theke, die als betonierte Sichel spitz aus der Wand herausstach. Design zum Verletzen.

Sie holte eine Flasche vom Bord und schenkte zwei Gläser ein.

»Auf meinen Bruder!«, sagte sie.

»Auf Ihren Bruder!«

»Und dass die Leute, die das zu verantworten haben, an irgendeiner Art von Galgen landen.«

Das war keine sehr juristische Anmerkung. Aber überaus passend.

Fast gleichzeitig führten die beiden ihre Lippen an den Rand der Gläser.

Nachdem Roy einen Schluck genommen hatte, fragte er: »Haben Sie Kinder?«

»Wieso? Sehen Sie hier irgendwo Spielsachen?«

Er verneinte, ging dann aber so weit zu erklären – dabei erneut lügend –, er meine sich zu erinnern, dass er, als er zuvor von der anderen Seite des Kanals auf das Haus geschaut habe, ein Gitterbett am Fenster erkannt habe. Möglicherweise sogar ein Baby in diesem Gitterbett.

»Nein, da haben Sie sich getäuscht. Auch wenn ich mich frage, wie man sich in so was täuschen kann. Es gibt hier keine Kinder.«

»Ja, tut mir leid. Ich mache manchmal Fehler.«

»Na, dass Sie ins Haus gekommen sind, war von meinem Standpunkt aus kein Fehler. Ich wäre sonst jetzt tot.«

Und dann erkundigte sie sich nach Roys Sohn, von dessen Handyfoto schließlich die Rede gewesen war. Und Roy erkundigte sich nach Lias Bruder. So kam es, dass sie sich von ihrer beider Leben erzählten. Durchaus in dem Sinne einer Konsequenz ihrer Handlungen. Sich näherzukommen und nicht etwa auseinanderzugehen wie Leute, die sich nie wieder begegnen würden.

Lia, die eigentlich Konzertpianistin hatte werden wollen und dann doch in die Juristerei geraten war (der Flügel hinten vor der hohen Scheibe zum begrünten Innenhof war weniger eine gute Erinnerung als eine bittere Reminiszenz). Roy, der sich vom Toningenieur zum Visagisten gewandelt hatte.

Es war wohl nicht Liebe auf den ersten Blick. Das zu behaupten wäre romantisch und dumm gewesen. Liebe war im Moment nicht das Thema. Aber Verbundenheit. Verwobensein. Und Schicksal.

Sie waren nicht ineinander verliebt, das nicht, aber sie waren ineinander verknüpft. Und begriffen wohl bereits in diesem Moment, dass sie aus diesem Verknüpftsein nicht wieder herauskommen würden.

Es war bereits Abend, als Roy das Haus verließ, die »Hausdame«, in der sich Unglaubliches zugetragen hatte. Er verließ es nicht, ohne Lia van Dongen versprochen zu haben, sie in die Gerichtsmedizin zu begleiten. Abgesehen davon, dass man gemeinsam zu weiteren Befragungen bei Commissaris Tulp würde erscheinen müssen. Sicher auch, um getrennt voneinander vernommen zu werden, aber dennoch als »Paar« auftretend. Ja, das war trotz aller Vorbehalte dennoch das richtige Wort. Die beiden waren im Zuge dieser Schießerei ein Paar geworden.

Nur eine Stunde später erschien Roy bei seinem Sohn, der ein komfortables, modernes Appartement im Süden Amsterdams bewohnte, mit Blick hinüber auf das Museumsquartier, wo all diese unglaublichen Dinge ausgestellt waren, die Menschen geschaffen hatten, indem sie einen Pinsel in die Hand nahmen (eine Idee, auf die man erst einmal hatte kommen müssen, den Pinsel nicht zum Anstreichen einer Wand zu verwenden, sondern zum Beispiel, um jemand darzustellen, der gerade eine Wand anstreicht. Oder einen Büffel jagt, eine Krone trägt, im Tod zur Blume wird, sich in ein Quadrat verwandelt).

»Du, Papa, eigentlich habe ich keine Zeit. Sei nicht böse«, meinte sein Sohn, in dessen Badezimmer sich gerade eine junge Frau zurechtmachte, die für *Rijns Reise* die Dialoge schrieb und zudem als Model für ein bekanntes Kleiderlabel arbeitete. Und für die Tom, wie man so sagt, seinen kleinen Finger gegeben hätte, sowenig diese Frau an einer Verstümmelung interessiert war.

»Nur ganz kurz«, bat der Vater den Sohn.

»Du hättest wenigstens vorher anrufen können.«

»Wenn ich dir erzähle, was heute geschehen ist …«, meinte Roy, erzählte dann aber nicht, was heute geschehen war. Er wollte seinen Sohn keinesfalls erschrecken. Trotzdem bat er darum, noch einmal jenes Handyfoto sehen zu können, das so vieles ausgelöst hatte.

»Welches Foto denn?«

»Das mit dem Haus und dem Baby und dem Radfahrer.«

»Meine Güte, Papa, das habe ich dir doch schon längst geschickt.«

Das stimmte.

Roy sagte: »Trotzdem. Zeig es mir.«

»Meine Güte, warum lässt dich das nicht los? Das war ein Scherz.«

»Zeig es mir, und ich bin wieder weg.«

Sie nahmen auf dem Wohnzimmersofa Platz, und Tom holte sein Smartphone vom Tisch und suchte nach besagtem Bild.

»Hier«, sagte er und legte dem Vater das kleine Gerät sorgsam in die Hände.

»Irgendwann«, erklärte Roy, »werden wir uns Handys wie Hostien in den Mund führen und eins mit ihnen sein.«

»Ganz sicher«, meinte sein Sohn stirnrunzelnd.

»Das ist nicht das Foto«, stellte Roy fest.

»Doch. Natürlich.«

»Da ist kein Baby drauf. Und kein Radfahrer.«

Der Sohn beugte sich zu seinem Vater und schaute auf das Display.

»Du hast recht. Tut mir leid. Dabei dachte ich, von dem Haus nur ein einziges Bild gemacht zu haben.«

Doch weder ließ sich vor noch nach diesem Foto ein weiteres finden, das dieses bestimmte Haus gezeigt hätte. Eines mit Baby und Radfahrer.

»Du, ich weiß auch nicht«, meinte Tom lapidar, »was da los ist. Vielleicht gab's doch ein zweites Bild, und ich hab das mit dem Radfahrer gelöscht. Ich weiß es wirklich nicht mehr. Aber so tragisch ist das doch nicht, oder?«

»Doch!«, sagte Roy. Und erschrak. Erschrak ganz heftig. Denn indem er die Stelle vergrößerte, an der er eigentlich ein Gitterbett erwartet hatte und dort in dem Gitterbett ein …

Erst in der Vergrößerung konnte er die Gestalt hinter dem Fenster erkennen, undeutlich nur, *bröselig*, aber doch unverkennbar die Gestalt eines schlanken Mannes. Und ja, bei aller Undeutlichkeit war Roy überzeugt, dass es sich bei diesem Mann, der da aus dem Fenster schaute, um jenen handelte, der Stunden zuvor mittels einer Kugel in den Kopf liquidiert worden war. Was absolut passte. Immerhin handelte es sich um ein Fenster genau in dem Stockwerk, in dem die Kanzlei untergebracht war. Und vor Wochen, als dieses Foto entstanden war, hatte der Anwalt ja noch gelebt. Vielleicht Schlimmes ahnend, vielleicht nicht, aber am Leben. Das passte jedenfalls. Was nicht passte, war die Vorstellung, dass, selbst wenn zwei Fotos existierten – woran sich Roys Sohn rein gar nicht erinnern konnte –, diese immerhin kurz hintereinander entstanden sein mussten. – Man stelle sich einen raschen Wechsel zwischen einem am Fenster stehenden Anwalt und einem am Gitterbett aufgerichteten Baby vor.

»Schau doch mal auf deinem eigenen Handy nach. Da muss das Foto ja noch sein«, blieb Tom ruhig und sachlich.

Das tat Roy jetzt. Er zog seine eigene *Hostie* aus der Tasche. Aber auch dort war auf dem Foto, das die »Hausdame« zeigte, kein Baby und kein Radfahrer zu sehen, sondern hinter dem Fenster ein Mann, der nicht mehr allzu lange zu leben haben würde.

»Dann hab ich dir wohl«, meinte Tom, »damals das falsche Bild geschickt, soweit man hier von falsch und richtig sprechen kann. Papa, das ist wirklich nichts, was uns aufregen müsste. Ehrlich.«

»Aber ich habe doch zu Hause Vergrößerungen von dem Foto ausgedruckt. Vergrößerungen von dem Radfahrer und dem Baby.«

»Tja, ich weiß auch nicht«, meinte Tom.

In diesem Moment trat aus dem Badezimmer die Frau, die sich auf dem Weg zum Topmodel noch ein paar wilde Dialoge für ein Computerspiel ausdenken musste. Sie besaß die Anmutung einer sehr schönen Maschine, die jemand gebaut hatte, der der Unterscheidung der Geschlechter müde geworden war.

Roy wurde ihr vorgestellt. Aber er hatte jetzt anderes im Kopf, als sich über die Begleiterin seines Sohns Gedanken zu machen, verabschiedete sich rasch und trat hinaus in ein Dämmerdunkel, das halb noch zum Tage gehörte, sich aber sichtlich für die Nacht entschieden hatte.

3

Es war nun bereits das vierte Mal, dass er Lia aufsuchte, wenn man den Tag des Attentats dazuzählte. Am zweiten Tag hatte er sie abgeholt, um mit ihr gemeinsam das Kommissariat aufzusuchen und sich dort einer getrennten Befragung durch Tulp, dessen Assistenten und eine Staatsanwältin zu unterziehen. Die Dame war eher von der strengen Sorte. Sie schien Roy einfach nicht zu glauben, dass er einzig und allein aus Gründen der Architekturgeschichte in dieses Haus eingedrungen war.

»Ich bin nicht eingedrungen«, erklärte Roy ihr gegenüber. Auch sie war des Deutschen mächtig, sodass man die ganze Befragung auch mit »Deutschstunde« hätte untertiteln können.

»Ich bin durch eine offene Haustüre gegangen. Die konnte man mit dem kleinen Finger aufstoßen.«

Doch die Juristin blieb skeptisch und versuchte, irgendeinen früheren Bezug zwischen Roy und dem Geschwisterpaar van Dongen beziehungsweise der Amsterdamer Unterwelt herzustellen.

»Hören Sie«, sagte Roy, »ich bin Visagist aus Köln. Können Sie sich etwas Harmloseres denken?«

»Sie arbeiten fürs Fernsehen«, sagte sie mit so einem Unterton, aus dem man Dreizacke hätte schmieden können.

»Na, ich bin nicht gerade als investigativer Journalist unterwegs. Ich setze Rouge auf Wangen. Bis zu dem Moment, als ich in van Dongens Kanzlei trat, hatte ich mein ganzes Leben noch keine einzige echte Waffe gesehen. Also in natura.«

»Und Ihr Sohn?«, fragte die Staatsanwältin.

»Fragen Sie mich, ob *der* schon mal eine Waffe gesehen hat? Können Sie meinen Sohn bitte rauslassen aus der Geschichte.«

Es war dann Tulp zu verdanken, dass man Tom tatsächlich unbehelligt ließ. So wie es Tulp auch zu verdanken war – und das war schon ein kleines Wunder –, dass nichts von den Ereignissen an die Öffentlichkeit drang. Was freilich nicht aus Nächstenliebe geschah, sondern Teil von Tulps Strategie war.

Einen Tag später kamen Roy und Lia in Tulps Begleitung in die Gerichtsmedizin, dorthin also, wo der Commissaris mit garstiger Konsequenz als *Dr. Tulp* angesprochen wurde.

Bei der Obduktion war nicht nur die Todesursache mit großer Präzision festgestellt worden – welche Verletzungen Willem van Dongen in Gesicht und Oberkörper davongetragen hatte und wie genau das Projektil in seinen Kopf eingedrungen war –, sondern auch, dass sich genau in jenem Kopf ein Tumor befand. Ein Tumor, von dem Lia keine Ahnung gehabt hatte und bei dem sie sich die Frage stellte, ob Willem davon gewusst haben konnte.

»Ganz sicher hat er das«, meinte der Gerichtsmediziner, »man läuft nicht mit so einem Ding im Kopf herum und merkt es nicht.«

Tulp blieb eine genaue Erklärung schuldig, aber es schien wirklich so gewesen zu sein, dass Willem von sich aus Kontakt zur Polizei gesucht und seine Kenntnisse über die Machenschaften seines Klienten angeboten hatte. Sodass die Wahrscheinlichkeit groß war – und bald auch Bestätigung durch van Dongens Hausarzt erfuhr –, dass van Dongen um die Unausweichlichkeit seines baldigen Todes gewusst hatte, um »das Ding in seinem Kopf«, und er darum eine letzte sinnvolle Handlung hatte setzen wollen.

Eine gute Tat oder Rache oder beides. Vielleicht auch simple Freude an einer abschließenden Intervention, für die es mal ausnahmsweise kein Geld gab.

Das Problem schien aber zu sein – wie Tulp eröffnete –, dass Willem angekündigt hatte, ein Dossier mit belastendem Material abliefern zu wollen. Was nun allerdings durch seinen Tod verhindert worden war. Auch hatten die Beamten unter den Dokumenten und Dateien nichts dergleichen entdecken können.

»Sie würden uns sehr helfen«, sprach Tulp zu Lia, »wenn Sie mir zur Auffindung des Materials einen Hinweis geben könnten.«

Lia erklärte, absolut keine Ahnung zu haben. Wie denn auch? Ihr Bruder, sagte sie, habe sie in keiner Weise eingeweiht. Aus gutem Grund. So, wie er auch nicht über den Umstand seiner todbringenden Krankheit gesprochen hatte.

»Was Sie eigentlich hätten bemerken müssen«, meinte Tulp.

»Sie haben meinen Bruder doch erlebt, oder?«, entgegnete Lia. »Er war die Gefasstheit in Person. Selbst noch, als man ihn folterte.«

»Trotzdem«, erklärte Tulp. »Denken Sie nach. Niemand kannte Ihren Bruder so gut wie Sie. Also sind Sie es auch, die am ehesten eine Vorstellung davon entwickeln könnte, wo er dieses Dossier verwahrt hat.«

»Sie meinen so etwas wie ein Versteck aus unserer Kindheit.«

»So ungefähr.«

»Ich werde nachdenken«, versprach Lia.

Auch am zweiten Tag war Roy vor der Nische mit den Büchern stehen geblieben, um einen Blick hineinzuwerfen, wobei er diesmal jedes Buch herausnahm, nachsah und feststellte, dass wirklich in sämtlichen Titeln das Wort *tijd* vorkam. Was doch eine höchst auffällige Dominanz der Zeit ergab.

Als er Lia darauf ansprach, erklärte sie, dass es ihr Bruder gewesen war, der diese Vertiefung im Mauerwerk, die früher dem Abstellen von Milch gedient hatte, in einen kleinen öffentlichen Bücherschrank verwandelt hatte.

Dann aber fragte sie: »Und da sind wirklich nur Bücher über die Zeit drin? Bist du dir sicher?«

Die beiden waren bereits am zweiten Tag ihrer Begegnung zum Du übergegangen. Was hätte es auch geholfen, diese verbale Form der Annäherung weiter hinauszuschieben? Ohnehin war in den Niederlanden der Weg zum Du ein wesentlich kürzerer.

»Ganz sicher«, sagte Roy, »heute habe ich sie alle durchgesehen.«

»Na ja«, meinte Lia, »ich kann dir das auch nicht erklären. Ich kann nicht sagen, dass Willem einen Zeit-Tick hatte. Er war pünktlich, ja. Ein Tick ist das nicht. Aber natürlich liebte er die Ordnung. Vielleicht wollte er auch Ordnung in diese kleine Nische bringen.«

Eine Ordnung, die jedoch über einen gewissen Bruch verfügte. Und zwar mittels einer Lücke in dieser Reihe aus zwölf Büchern, die Roy bei sich als »zwölf Geschworene« bezeichnete. Anzunehmen, dass es dreizehn Geschworene gewesen waren, jedoch ein Passant dem Sinn und Zweck dieser Einrichtung gefolgt war und einen Band herausgenommen hatte.

Damit jedoch auch die Ordnung störend.

Als Roy zum dritten Mal – an dem Tag, als er Lia zur Gerichtsmedizin abholte – davor stehen blieb, hatte er ein Buch mitgebracht, von dem er meinte, es werde diese Lücke ganz gut ausfüllen. Und das tat der Band auch. Sodass also Willems Ordnung wiederhergestellt war. Schade dabei war nur, dass nun das Bild von den »zwölf Geschworenen« dahin war. Aber man kann nicht alles haben.

Dieses dreizehnte Buch stellte eine verteufelt deutsche Lösung dar. Nämlich Martin Heideggers *Sein und Zeit,* freilich in der niederländischen Übersetzung, *Zijn en tijd,* wobei Roy in einer Amsterdamer Buchhandlung den Band auch darum ausgewählt hatte, weil er vermutete, dass diese Paperback-Ausgabe in etwa die richtige Dicke besaß, um die Lücke zu füllen. Passend zu füllen.

Und in der Tat, er hatte richtig geschätzt. Der »Heidegger« passte ausgezeichnet – ohne zu zwicken, aber auch ohne über allzu viel Luft an den Seiten zu verfügen.

Roy fand, dass er das dem Mann schuldig war, der in diesem Haus gestorben war. Diese Ordnung der Zeit.

Als Roy nun am vierten Tag vor das Haus trat – diesmal abends, diesmal ohne dass ein Termin polizeilicher Ermittlung angestanden wäre –, da überprüfte er natürlich sofort die Büchernische, musste aber feststellen, dass an der Stelle, wo er mittels jenes deutschen Philosophen eine Lücke gefüllt hatte, diese Lücke wieder vorhanden war. Was ja im einfachsten Fall bedeutete, dass ein Passant sich für *Sein und Zeit* erwärmt und in völlig legaler Weise dieses Buch mitgenommen hatte. Das war die einfachste Erklärung.

Bloß dass Roy das Gefühl hatte, dass das Einfache sich nicht wirklich zur Erklärung eignete.

Die Frage war, was er tun sollte. Die Lücke erneut füllen? Mit einem weiteren Band von *Zijn en tijd*? Solcherart einen umstrittenen Helden deutschen Denkens – den Thomas Bernhard einst einen »lächerlichen nationalsozialistischen Pumphosenspießer« genannt hatte – stur in die Position eines dreizehnten Geschworenen setzend?

Mal sehen.

Er trat die vier Stufen hoch zur Eingangstüre und klingelte. Versuchte also gar nicht erst nachzusehen, ob die Türe etwa unversperrt war und er eine kleine Wiederholung probieren könnte.

»Komm rein, Roy, ich bin in der Lounge«, drang Lias Stimme aus der Gegensprechanlage. Kurz darauf folgte das Geräusch der aufspringenden Türe.

So trat er ein, passierte die beiden afrikanischen Masken, denen er unbewusst zunickte, und begab sich in den hohen Raum mit den Schüttbildern eines österreichischen Alt-Avantgardisten und dem schwarz glänzenden Steinway-Flügel im hinteren Teil. Ein Klavier, auf dem Lia schon seit zehn Jahren nicht mehr gespielt hatte. Und auch auf keinem anderen.

Man hätte meinen können, sie vertrete die Haltung, es sei besser, eine gute Rechtsanwältin zu sein als eine schlechte Pianistin. Doch ihr wirkliches Credo lautete: Lieber eine schlechte Rechtsanwältin als eine schlechte Pianistin.

Dabei war sie alles andere als eine schlechte Rechtsanwältin. Allerdings eine verbitterte Pianistin, die so gut wie alles im Rahmen dieser Verbitterung betrachtete. Auch das Gute in der Welt.

»Ich habe uns was gekocht«, sagte die verbitterte Pianistin, »in Ordnung?«

Roy hatte bereits gegessen. Aber er sagte: »Fein.« Er gehörte absolut zu jenen Personen, die auch auf Befehl essen konnten.

Zum Essen gab es etwas Kompliziertes. Und zum Komplizierten einen wunderbaren Rotwein aus dem Weinkeller, der sich im Tiefgeschoss dieses Hauses befand und den Lias Bruder angelegt hatte.

»Er würde wollen«, sagte Lia, »dass wir diesen Wein trinken. Bevor jemand anderer ihn trinkt.«

Roy betrachtete die Flasche. Allerdings hatte er wenig Ahnung von Weinen. Doch es war das Etikett, das ihm gefiel. Ein altes Wappen, das durch die lange Lagerung der Flasche sehr gewonnen hatte: der Reiz des Vergilbten. Der gemäldeartige Eindruck. Die Dekadenz der Jahre. Das Gewicht der Flasche. Der graue Schimmer von Staub auf der dunkelgrünen Oberfläche, der aussah wie Mondstaub.

So war es eigentlich mit vielen Dingen. Roy war an der Hülle interessiert. Bei einem Auto interessierte ihn die Karosserie, nicht der Motor oder die Motorkraft. Wie man ja auch sagen konnte, dass ihn bei einem Menschen das Gesicht interessierte und weniger, was sich hinter diesem Gesicht verbarg.

Dabei unterschied er aber nicht zwischen schönen und hässlichen Gesichtern, sondern interessanten und uninteressanten. Und zwischen rettbaren und unrettbaren.

Und Lias Gesicht gehörte für ihn nun eindeutig zu den interessanten. Ob es auch ein rettbares war, da war er sich allerdings nicht so sicher.

Lia trug Schwarz, als wäre sie eine Witwe. Andererseits hatte sie auch Schwarz getragen, als Roy erstmals dieses Haus betreten hatte. Zudem stand ihr die getragene Dunkelheit ausgezeichnet. Farbe hätte einfach nicht zu ihrem Gesicht gepasst. Sie war eine *schwarze* Frau, gerade wegen ihres hellen Teints, der aber nicht bleich war, schon gar nicht luzid anmutete. Ihre Helligkeit war robust, fast ein wenig distanziert. Möglicherweise aber war es eben diese gewisse Bitterkeit, die ihrem hellen Teint eine Wirkung verlieh, die einem Modewort der jüngsten Zeit entsprach: Abstand.

Doch dieser Abstand änderte nichts daran, dass Roy und Lia sich an diesem Abend näherkamen, auch im Gespräch über Lias verstorbenen Bruder.

»Er wollte vor einem halben Jahr heiraten«, erzählte Lia, »aber plötzlich war alles vorbei. Er hat sich von dieser Frau getrennt, auf eine so rasche wie schmerzvolle Art. Punktum. Wie aus heiterem Himmel, so sagt man doch. Ich denke jetzt, dass er damals von seiner Krankheit erfahren hat. Manche heiraten, bevor sie sterben. Nicht Willem.«

»Und du?«

»Was meinst du?«

»Wolltest du nie heiraten?«

»Ich wollte die Musik heiraten«, erklärte Lia, »aber dann kam es zu einer Scheidung, bevor noch eine richtige Hochzeit hat stattfinden können. – Nein, Ehe und Familie waren nie mein Thema. Männer schon, auch Frauen, aber verzeih, wenn ich das sage, die Kunst erscheint mir so viel aufregender als jede Beziehung.«

»Dann erstaunt es mich umso mehr, dass du mit dem Klavierspiel aufgehört hast.«

»Es gibt nichts Schlimmeres als halbe Sachen in der Liebe. Das wäre, wie die Welt nur halb erschaffen zu haben. Eine Kugel zwar, aber keine Atmosphäre um die Kugel herum. Und damit auch kein Leben.«

Sie meinte ihre Liebe zum Klavier.

»Meine Güte«, sagte Roy, »du bist so radikal.«

»Und du?«

»Ob ich radikal bin?«

»Verheiratet.«

»Dreimal verheiratet«, sagte er, »und dreimal geschieden. Und ich befürchte, ich habe in meinem Leben einige halbe Welten erschaffen. Vielleicht aber auch welche, bei denen es eine Atmosphäre gibt, aber leider die Kugel fehlt.«

Lia lachte. Offensichtlich gefiel ihr, wie Roy sein Dilemma ausdrückte. Offensichtlich gefiel ihr der ganze Mann. Denn ihre Bitterkeit in Sachen Liebe zum

Klavier und Liebe zur Musik änderte nichts daran, sich gerade jetzt, da sie ihren Bruder verloren hatte, nach jemandem zu sehnen, den sie umarmen und der sie umarmen konnte.

Und das taten sie dann auch. In einem Moment, da Lia in der Küche stand, um eine Nachspeise zu dekorieren, irgendeine schaumige Creme auf der weiten Fläche zweier Teller, da legte ihr Roy von hinten die Hand auf die Schulter.

Ihre Schulter, darüber der Stoff von schwarzer Spitze, fühlte sich an wie festes Moos.

Sie zuckte kurz. Dann drehte sie sich um und sah Roy an. Nun, eigentlich meinte er, sie schaue an ihm vorbei, wie auf jemand Dahinterstehenden, aber das kam vielleicht vom Rotwein. Er war ja alles andere als ein geeichter Trinker, auch wenn er am ersten Abend so bereitwillig »Ja« zu einem Glas Gin gesagt hatte. Er war sich nicht mal sicher, ob er ohne den Rotwein überhaupt auf ihre Schulter gegriffen hätte, sosehr er sich etwas Derartiges bereits überlegt hatte, als er durch die Eingangstüre getreten war.

Würde sie ihn nun fragen, was er sich eigentlich dabei denke?

Nein, sie wollte nicht wissen, was er sich dabei dachte, sondern schlug ihre Arme um seinen Rücken und presste ihren Körper an den seinen. Wobei ihm erst jetzt so richtig bewusst wurde, dass sie fast genauso groß wie er war. Zumindest mit ihren hohen Schuhen. Und dass also ihre Wangen aneinanderlagen, ohne dass es notwendig gewesen wäre, sich zu verrenken, einer nach oben, einer nach unten, um sich irgendwo in der Mitte zu treffen.

Auch wenn das anatomisch gesehen schwer möglich war, meinte er ebenfalls, ihre beiden Herzen würden exakt vis-à-vis liegen, sich ineinander spiegeln und das eine freundlich gegen das andere schlagen.

In dieser Umarmung und diesem Zustand einander *abklopfender* Herzen verblieben sie eine ganze Weile. Dabei war es so viel weniger ein Moment der Erregung als des Zur-Ruhe-Kommens. Eine wunderbare Pause vom Leben. Und auch physisch gesprochen: ein Sich-gegenseitig-Stützen. Sodass man meinen konnte, die beiden wären selbst dann nicht umgefallen, hätte alle Kraft sie verlassen. Ein wenig die Form einer Futterkrippe einnehmend.

Aber klar, der Sinn der Pause ist ihr Ende. Und aus diesem Ende heraus küssten sich Roy und Lia und vollführten in der Folge einen wilden Tanz der Liebe und des Begehrens, der sehr spät wieder zu einer pausenhaften Umarmung wie zu Beginn führte. Nun aber in der Waagrechten und zusätzlich gestützt von der großen Matratze des großen Bettes, auf dem sie lagen und in den Schlaf fanden.

Neun Monate später

Es gibt wenige Zeitangaben wie diese, *neun Monate später,* die praktisch sofort klarmachen, was da neun Monate später wohl geschehen war. Keine Gehaltserhöhung, kein noch so bedeutendes Fußballspiel, kein endlich abbezahlter Kredit, keine Hochzeit, nicht einmal ein eingetretener Tod, sosehr das alles natürlich durchaus der Fall sein konnte, aber nein, neun Monate später konnte einfach nur bedeuten, dass ein Kind auf die Welt gekommen war.

Richtig, Lia gebar ein Mädchen. Und Roy war der Vater dieses Mädchens. Geheiratet hatten die beiden dennoch nicht – keine vierte Frau Paulsen also –, allerdings war Roy von Köln nach Amsterdam gezogen, genau in jenes Haus an der Gracht, das aufzusuchen ihn ein Foto seines Sohns animiert hatte.

Ein Foto, das verschwunden war, wie Fotos auf Handys und Computern mit der so einfachen und oft auch unabsichtlichen Form des Löschens nun mal verschwinden. Und selbst die Erinnerungen an dieses Foto verblassten. Es sollte nie wieder ein Thema zwischen Roy und seinem Sohn sein, der in diesen neun Monaten die Arbeit an *Rijns Reise* beendet hatte und wenn schon nicht mit dem angehenden Fotomodell, dann zumindest mit einer ihrer Freundinnen zusammengezogen war.

Kein Wort mehr über einen Doppelgänger auf einem Rad oder ein Gitterbett am Fenster, darin sich ein kleines Kind oder eine sehr kleine alte Frau aufgerichtet hatte. Kein Wort mehr über den animierenden Grusel, der von diesem Bild ausgegangen war. Eher schien der Verdacht zu bestehen, dass dieses Foto nie wirklich existiert hatte, also nicht nur einfach gelöscht worden war, sondern bloß als eine *Erzählung* bestanden hatte. Ein Scherz des Sohns, den der Vater aufgegriffen hatte.

Stimmt, es hatte Vergrößerungen des Handyfotos in Roys Kölner Wohnung gegeben, aber diese an die Pinnwand gehefteten Kopien waren von einer Putzfrau, die während Roys Amsterdamaufenthalts aufgeräumt und wohl eine Anordnung missverstanden hatte, entfernt und entsorgt worden. Geradewegs so, wie wenn ein Kriminalfall gelöst ist und Platz für den nächsten geschaffen wird.

Roy war das durchaus recht gewesen, diese Fügung – diese Putzfrauenfügung –, die seine Verdrängung unterstützt hatte (wobei kurz der Verdacht aufgekommen war, dass in Wirklichkeit die beiden Kinder von Roys dritter Frau etwas mit dem Verschwinden der Vergrößerungen zu tun haben könnten, was eine vielleicht noch schönere Lösung gewesen wäre).

Neun Monate also, in denen das Kind im Leib der Mutter heranwuchs. Ein Kind, das gleich in der ersten Nacht gezeugt worden war. Weshalb Lia gerne sagte: »Als wären wir Sechzehnjährige gewesen.« Während wiederum Roy meinte: »Das neue Leben setzt sich durch, das neue Leben findet immer eine Lücke.«

In diesen neun Monaten übersiedelte Roy also nach Amsterdam und hatte dann auch noch das Glück, einen Job als Visagist bei RTL Nederland zu bekommen, wobei sich schon zeigte, wie gut die Verbindungen der Familienanwältin Lia van Dongen zu gewissen Familien dieses Landes waren.

Nicht dass ein Visagist stets zu schweigen brauchte, Gespräche mit den zu behandelnden Personen gehörten zur Arbeit. Doch Roys etwas verdrehtes und sich nur langsam besserndes Niederländisch gab den meisten Leuten das Gefühl, hier arbeite jemand, der sein ganzes Talent in die »gelungene Zurichtung« von Gesichtern investieren würde und eben nicht in das Erlernen einer Fremdsprache.

Was sich zudem noch etwas schleppte, war die Aufklärung im Fall Willem van Dongen. Klar, die Täter waren bekannt, aber es war eben nicht beweisbar, wer hinter diesem Auftrag gestanden hatte. Vor allem gelang es Tulp nicht, jenes Dossier zu finden, von dessen Existenz und absoluter Brisanz er überzeugt war. Dabei war er des Öfteren bei Roy und Lia zu Besuch, nicht nur als Polizist und Ermittler, sondern bald auch als ein Freund der beiden. Aber nie mit seiner Schauspielergattin, die tatsächlich überall auf der Welt zu sein schien, nur nicht in Amsterdam.

Neun Monate also. Und ziemlich punktgenau kam das Mädchen auf die Welt. Und zwar allen Ernstes mit erhobenem, lang gestrecktem Arm, wie man es von Superhelden und Superheldinnen kennt.

Für einen kurzen Moment hätte man meinen können, das Gesicht dieses Babys ähnle dem einer sehr alten, zerknitterten Frau, was Roy dann eigentlich an das verschwundene Handyfoto hätte erinnern müssen. Aber erstens tun das viele Babys, nämlich mit dem Gesicht einer alten Zwergin auf die Welt kommen, und zweitens verging dieser Eindruck sehr rasch, und das Baby wirkte sodann – selbstredend –, als wäre es das schönste kleine Kind auf der Welt.

Und dieses schönste kleine Kind auf der Welt erhielt den Namen Phöbe. Das war zwar nicht Holländisch, aber weil die Kleine den Familiennamen der van Dongens weiterführen sollte – auf dass diese Familie doch nicht ausstarb –, stand es Roy zu, sich beim Vornamen durchzusetzen. Und Phöbe war nun mal der Mädchenname, den Roy mehr mochte als jeden anderen.

»Ginge es nach mir«, sagte er, »würde so nicht ein Saturnmond heißen, sondern der Saturn selbst.«

Für ihn war Phöbe also kein Mondname, sondern ein Planetenname. Das ganze Kind war ihm ein Planet.

»Du spinnst«, sagte Lia gerne. Das sagte sie häufig zu ihm. Aber zumindest in diesem einen Punkt, in diesem Phöbepunkt, setzte er sich durch. Und den Namen eines Kindes zu bestimmen stellte geradezu eine Macht dar. Vielleicht die einzige, über die er verfügte.

Freilich hörten weder Lia noch Roy zu arbeiten auf, weshalb ein Kindermädchen engagiert wurde, auch wenn die Frau absolut kein Mädchen mehr war, sondern eine ältere Dame, weder klein noch runzelig, aber doch einiges über sechzig, eine ruhige, liebevolle, etwas dickliche Frau, die leicht hinkte und aus Slowenien stammte, aber ein perfektes Französisch sprach. Was wohl der Grund war, dass Lia sie angestellt hatte, wegen ihres Französisch, das Lia selbst noch lieber als Deutsch oder Englisch oder sogar Niederländisch sprach, während Roy eigentlich außer Deutsch keine Sprache gerne sprach.

Jedenfalls lebte das Kindermädchen, das eine Kinderfrau war und Ema hieß, im Haus van Dongen, ganz oben im Dachgeschoss, direkt über Willems ehemaliger Wohnung, die, von der polizeilichen Ermittlung abgesehen, so gut wie unangetastet geblieben war. Als erwartete man Willems Rückkehr aus dem Reich der Toten. Oder aus einer raffinierten Vortäuschung.

So vergingen die ersten zehn Monate in Phöbes Leben in der Obhut einer alten, dem Kind französische Lieder vorsingenden Slowenin, während es von der Mutter gleich drei, vier Sprachen zu hören bekam und vom Vater ein Babydeutsch. Mitunter klang es im Haus wie in einem durchgeknallten Sprachinstitut, einer Mischung aus Institut Français, niederländischer Hochbegabtenförderung und deutschsprachiger Lautpoesie. Wobei es schon auch vorkam, dass Roy aus purer Lust heraus Phöbe zum Einschlafen aus einer frisch erstandenen Ausgabe von *Zijn en tijd* vorlas, also auf Holländisch, was ganz gut funktionierte, das Einschlafen, bevor er dann dieses Buch in eine jüngst entstandene Lücke fügte.

Denn diese Lücken gab es immer wieder. Es schien, als befinde sich Roy in einem skurrilen kleinen Wettstreit mit irgendeinem Amsterdamer Bürger, der in kurzen Abständen wiederholt Heideggers *Zijn en tijd* aus dem Regal entfernte, woraufhin Roy ein neues Exemplar besorgte und die Lücke füllte. Natürlich musste er ab und zu auch mal ein anderes der Bücher ersetzen, um dieses kleine Andenken an Willem van Dongen zu erhalten, aber die Regelmäßigkeit und Häufigkeit, mit der das Hauptwerk der frühen Philosophie Heideggers verschwand, konnte nur mit einer Art böser Absicht erklärt werden.

Wessen Tick auch immer es war, diese Lücke herzustellen, Roys Tick war es, diese Lücke zu füllen.

Aber Roy spürte schon auch, dass dieses ganze Unternehmen irgendeinen Sinn haben musste.

Und am späten Abend eines späten Juni – Phöbe war soeben eingenickt, Lia in London und Ema im Theater – schien er sich diesem Sinn anzunähern. Indem er etwas tat, was zwar die Polizei ausführlich getan hatte und was auch Lia in kleinen Abständen tat, er selbst aber bislang noch nie unternommen hatte, nämlich Willems Wohnbereich aufzusuchen.

Aus einer simplen Laune heraus. Nicht ohne den spielerischen Gedanken, möglicherweise einem Geist zu begegnen. Keinem Gespenst, einem Geist.

Die Dämmerung lag im Raum wie ein gebratenes Steak, aus dem noch ein klein wenig Blut sickerte, sowenig das wirklich Blut ist bei einem Steak, sondern ein Protein des Muskelfleischs. Eine Täuschung.

Roy schaltete das Licht an. Sah sich um. Auch hier überall guter Geschmack. Edle Möbel. Zudem ein paar von den afrikanischen Masken, die Lias Bruder gesammelt hatte. Und ein Tresor in der Wand, der geöffnet und leer war. Von Tulps Leuten vor einiger Zeit ausgeräumt. Man hätte ihn eigentlich schließlich können, aber dass er so offen dastand, mit einer schwer auszumachenden Tiefe, hatte etwas von einer Einladung.

Es war dann jedoch die umfangreiche Bibliothek, die Roy näher betrachtete. Wobei auch im Falle von Büchern für Roy etwas galt, was schon einmal in Bezug auf Gesichter und Autos und Weinflaschen gesagt worden war. Nämlich sein Interesse an der Hülle, also bei Büchern an den Umschlägen und ihrer Gestaltung. Und der Bedeutung oder Bedeutungslosigkeit der Titel. Roy gab unumwunden zu, ein Mann der Oberfläche zu sein.

Und als solcher betrachtete er die Buchrücken wie auch die Umschläge des einen oder anderen Werks, das er herauszog.

Als er nun in der typischen Art eines den Kopf in den Nacken legenden Menschen an der Bücherwand entlangging …

Da sah er es: *Zijn en tijd 2*. Also den zweiten Teil von Heideggers *Sein und Zeit*.

Er hatte natürlich keine Ahnung gehabt, dass es auch einen zweiten Teil gab beziehungsweise dass dann wohl das Buch, welches er ständig in die Lücke schob, der bekanntere erste Teil sein musste. Ähnlich wie bei Goethes *Faust*.

Er zog den Band heraus. Eine gelungene Gestaltung, fand er. Titel der Schrift und Name des Autors von gleicher Größe, so dicht beieinander, dass man das eine für das andere halten konnte. Solcherart verschmolzen, schwebten die schwarzen Buchstaben vor dem weißen Hintergrund und warfen einen leichten Schatten darauf.

Das Buch selbst schlug er nicht auf. Wieso auch? Er hätte es auf Deutsch nicht verstanden und glaubte nicht an das Wunder, es dann ausgerechnet auf Niederländisch besser zu verstehen (denn auch wenn er Phöbe aus dem ersten Teil vorlas, wusste er ja kaum, *was* er da las). Doch er erkannte die schöne Übereinstimmung, die sich daraus ergab, dass er – ohne Willem wirklich begegnet zu sein – dennoch ein Buch genau jenes deutschen Philosophen für die Lücke unten neben der Haustüre ausgewählt hatte, dessen Werk offensichtlich auch von Willem geschätzt worden war. – Sosehr man sagen musste, dass bei der Auswahl eines bedeutenden Titels, der prominent den Begriff der Zeit anführte, nicht mehr sehr viele Möglichkeiten offen gewesen waren.

Er schob den Band zurück ins Regal. Aus dem Babyfon drang ein kleines Rülpsen. Roy stieg nach unten, sah nach Phöbe, legte ihr die Hand auf die Stirn, an die Wange, massierte ein wenig den Bauch und murmelte eine Weile deutschsprachigen Nonsens. Alles in Ordnung.

Am nächsten Morgen verließ er recht früh das Haus. Zuvor hatte er noch Phöbes Windel gewechselt – ihr Kot roch wie der aller Kleinkinder nach etwas unaussprechlich Hundertjährigem –, ihr dann einen kleinen Kuss auf die Stirn gedrückt und letztlich mit Ema bei einem Espresso eine Einkaufsliste besprochen. Schließlich machte er sich auf den Weg nach Hilversum, das etwa dreißig Kilometer von Amsterdam entfernt lag und wo sich die Studios von RTL Nederland befanden.

Nach einer Vormittagsshow, den Mittagsnachrichten sowie der Aufzeichnung einer Quizsendung ging Roy daran, im Duett mit einer Kollegin die »Gesichtspflege« jener fünf Personen zu bewerkstelligen, die an einer Diskussionssendung über einen ausgewachsenen Skandal im niederländischen Königshaus teilnahmen. In dieser Runde befand sich auch ein bekannter holländischer Philosoph, Theologe und Buchautor. Und weil es ja durchaus zum Job eines Visagisten gehörte, einen kleinen Small Talk mit der Person zu führen, in deren Gesicht er gerade herumwerkelte, konnte Roy der Versuchung nicht widerstehen, dem Philosophen gegenüber von jener sehr originell gestalteten Ausgabe des zweiten Teils von Heideggers *Zijn en tijd* zu erzählen, die er jüngst entdeckt hatte.

»Zweiter Teil?«, staunte der Philosoph.

»Ja.«

»Dann gratuliere ich«, lachte der Mann, auf dessen hohe Stirn Roy soeben eine Schicht dämpfenden Puders auflegte.

»Wieso?«, fragte Roy.

»Weil Sie ein Buch besitzen, das gar nicht existiert«, sagte der Philosoph und klärte Roy darüber auf, dass Heidegger – in den 1920er-Jahren in Marburg tätig, jedoch auf eine Berufung nach Freiburg hoffend – unter einem gewissen *Zeitdruck* dieses Buch über »die Frage nach dem Sinn von Sein überhaupt« geschrieben habe und die früheste Veröffentlichung auch tatsächlich mit dem in Klammern gesetzten Untertitel *Erste Hälfte* erfolgt sei.

»Aber da kam keine zweite Hälfte mehr nach. Also auch kein zweiter Teil«, erklärte der Mann unter Roys pudernden Händen. Und bekräftigte: »Es gibt keinen zweiten Teil.«

»Ganz sicher?«

»Fragen Sie mich das wirklich? Es wäre eine der größten denkbaren Sensationen der Philosophiegeschichte, hätte jemand einen abgeschlossenen zweiten Teil von *Sein und Zeit* entdeckt. Nein, Sie müssen schon entschuldigen, da haben Sie sich geirrt. Oder aber Sie wollten mir eine Falle stellen. Das wäre dann aber eine mit einem Warnschild davor, auf dem steht: Achtung Falle.«

Wieder lachte der Mann.

Roy entfernte den Friseurumhang vom Hals des Philosophen und wischte mit einer Bürste über dessen Kragen und Schultern. Sprachlos.

»Wenn es keine Falle sein sollte …«, sagte der Mann.

»Ein Irrtum«, beeilte sich Roy zu erklären, »ein dummer Irrtum.«

Aber das stimmte ganz einfach nicht. Er hatte dieses Buch ja gesehen. Und weder war er betrunken noch sonst wie sediert oder verwirrt oder verschlafen gewesen.

Roy überlegte. Und während er sich nun dem Gesicht einer Dame zuwandte, die einen Bestseller über die europäischen Royals geschrieben hatte, fühlte er sich überwältigt von der Erkenntnis, was es mit diesem Buch, das er am Vorabend in Willems Wohnung entdeckt hatte, auf sich hatte. Auf sich haben musste.

Das Dossier!

Willems Dossier!

Willems Dossier über einen Mann, der sein Klient gewesen war. Und wohl auch der Mann, der ihn hatte umbringen lassen, bevor Willem diese Unterlagen an Commissaris Tulp hatte weitergeben können.

Nur so konnte sich Roy erklären, dass ein Buch, das es gar nicht gab, mit einem perfekten, professionell gestalteten und eine große Auflage suggerierenden Umschlag in Willems Bibliothek gelangt war. Welche Funktion sollte eine solche Fälschung in der großen Ausbreitung eines gefüllten Regals auch sonst besitzen, als etwas Geheimes zu beherbergen?

Natürlich war diese Bibliothek von Tulps Spurensicherung durchsucht worden, doch offensichtlich von Leuten, die, ähnlich wie Roy, keine Ahnung davon besaßen, dass es *Zijn en tijd 2* gar nicht gab, und die also diesem Band keinerlei Beachtung geschenkt hatten. Bücher als Verstecke, das hatte etwas Altertümliches und Verstaubtes. Etwas von einer Burleske. Weshalb man ja auch derart auf den Tresor, aber vor allem natürlich auf externe Festplatten, USB-Sticks, Speicherkarten und Schließfächer konzentriert gewesen war.

Nein, Roy zweifelte nicht, dass Willem, in welcher Form auch immer, seine geheimen Aufzeichnungen über die Machenschaften seines Klienten zwischen den Buchdeckeln eines fiktiven Hauptwerks der abendländischen Philosophie versteckt hatte.

Nachdem Roy mit dem stark aufgefrischten Gesicht der Expertin für europäische Fürstenhäuser fertig war, griff er nach seinem Smartphone und rief Lia in London an, um ihr von seiner Erkenntnis zu berichten.

»Meinst du das im Ernst?«

»Überleg mal«, sagte Roy, »wieso hätte dein Bruder eine gar nicht existente Buchausgabe fälschen sollen, wenn nicht um dessen Inhalt zu tarnen.«

»Es wäre immerhin originell«, gab Lia zu. »Aber schau dir das mal genau an, bevor du die Pferde scheu machst. Vielleicht ist es ja nichts anderes als eine Schatulle, in der Willem seine Milchzähne aufbewahrt hat.«

»War er ein Mensch, der Milchzähne aufbewahrt?«

»Absolut«, erklärte Lia. Und meinte dann: »Du, ich muss zurück in die Besprechung. Meine Klientin hat ein gefährlich offenes Mundwerk. Und einen miserablen Ehevertrag.«

Roys Arbeitszeit war beendet. Er machte sich sofort auf den Heimweg. Heim zu Phöbe und Ema. Lia würde erst spät in der Nacht aus London zurückkehren.

Es gehörte zu Roys Angewohnheiten, sich immer in derselben Weise dem nun zur Heimat gewordenen Ort zu nähern, genauso wie damals, als er von einem Gewitter geleitet worden war. Dies bedeutete, dass sein erster Blick auf die »Hausdame« von der anderen Seite der Gracht fiel, bevor er dann nach vorne zur Brücke spazierte, sie überquerte und auf der richtigen Seite wieder zurück zum Haus gelangte.

Auch diesmal. Und so stand er nun also genau gegenüber dem hohen, schmalen Haus, das sich im Wasser des Kanals in Form stark geringelter Bänder spiegelte. Das hatte etwas von einer verdunkelten Faschingsdekoration.

Und dort, beim Blick ins Wasser, bemerkte Roy den Radfahrer.

Roy sah von der Spiegelung hoch. Vom Fasching in den Sommer.

Natürlich kamen hier Radfahrer vorbei. Unentwegt. In einer Stadt, in der es mehr Fahrräder als Menschen gab, war das wirklich kein Wunder. Aber dieser

Radfahrer war anders. Besser gesagt, er war Roy vertraut. Vertraut durch die doppelgängerische Ähnlichkeit. Vertraut durch ein Handyfoto, das Roy fast vergessen hatte. Welches nun aber mit einem Schlag zurück in sein Gedächtnis kehrte.

Dort drüben fuhr ein Mann in kurzen Hosen, wie Roy sie nie getragen hätte, auf einem Rad, auf das Roy sich nie gesetzt hätte, auch in Amsterdam nicht, Statistik hin oder her. Doch er war ihm ähnlich, sehr ähnlich, ähnlich wie einst auf dem Foto, zumindest auf die Entfernung.

Was gänzlich anders war als auf dem Foto, war die Richtung, in die der Radfahrer unterwegs war. Auf dem Handyfoto hatte er sich von dem Haus nach links wegbewegt, während er nun aber, von links kommend, auf das Gebäude zufuhr. Zufuhr und stehen blieb. Vom Rad stieg und es gegen die Hausmauer lehnte, genau an den Platz mit der Büchernische.

Für einen Moment stellte sich bei Roy Erleichterung ein, weil er meinte, endlich jenen notorischen Heidegger-Hasser entdeckt zu haben. Möglicherweise ein Alt-Linker mit Verachtung für den »nationalsozialistischen Pumphosenspießer«. Eine Person jedenfalls, die gleich daran gehen würde, Roys vor zwei Tagen gefüllte Lücke …

Nichts dergleichen. Der Mann stellte bloß das Rad ab, ohne es abzusperren, ignorierte die Büchernische und machte sich daran, die wenigen Stufen zum Eingang hochzusteigen.

Und praktisch mit der Bewegung seiner Schritte ging Roys Blick die Fassade hoch zu dem Fenster im dritten Stock, dorthin, wo sich noch immer die Räume der Kanzlei befanden. Nun war es aber eben ein Haus *mit* Kind. Nicht dass Roy jetzt Phöbe hinter der Scheibe des mittleren Fensters entdeckt hätte, aber durchaus die weiß gestrichenen Streben des hölzernen Gitterbetts. Und es stimmte, Lia hatte dort ein Gitterbett aufstellen lassen. Sie hatte es aus dem Keller geholt, es war ihr eigenes gewesen und wohl auch das ihrer Mutter. Sie hatte es abbeizen und frisch streichen lassen, den Schreibtisch zur Seite gerückt und an dessen Stelle das Gitterbett platziert. Denn es war ja nicht so, dass sie während ihrer gesamten Arbeitszeit – eine Arbeitszeit, die selten richtiggehend endete und richtiggehend anfing – Phöbe an Ema abgab, umso weniger, als man nicht im 19. Jahrhundert lebte und Ema über geregelte Arbeitspausen verfügte, und nicht erst dann, wenn es der Herrschaft gefiel.

Das Gitterbett stand somit genau an jener Stelle, an der es sich auch auf einem Handyfoto befunden hatte, das vor etwa zwanzig Monaten entstanden war, als Roys Sohn sich auf Rembrandts Spuren befand.

Dieser Mann nun, der Roy so ähnlich sah, wartete vor der Türe. Nein, er wartete nicht wirklich, sondern verschaffte sich Einlass. Man konnte auf die Distanz meinen, er benütze einen Schlüssel. Oder etwas, das einen Schlüssel ersetzte.

Roy begriff. Er erkannte die Gefahr. Und ahnte

wohl auch, wie dumm es gewesen war, zuvor Lia angerufen und von seiner Entdeckung gesprochen zu haben. Über ein Telefon. Ausgerechnet.

Er rannte augenblicklich los. Hinüber zur Brücke. Und während er sie überquerte, zog er sein Handy aus der Tasche. Diesmal würde es aber kein Fehler sein, es zu benutzen. Indem er nämlich einen anderen Fehler nicht noch einmal beging. Diesmal wollte er die Polizei nicht erst benachrichtigen, wenn alles vorbei war.

Er wählte die Nummer Tulps, der sich auch sofort meldete.

»Komm bitte! Rasch!«, keuchte Roy. »Da ist jemand ins Haus eingedrungen.«

»Wo bist du?«, fragte Tulp.

»Auf der Straße.«

»Dann bleib auf der Straße. Wir sind sofort da.«

»Nein«, sagte Roy und steckte das Handy in die Hosentasche, ohne aber die Verbindung zu unterbrechen. Er konnte Tulp nicht verstehen, aber er vernahm dessen Stimme, als dränge sie aus den Röhren eines Pilzes. *Schwammig.*

Wie lange benötigte Roy, um das Haus zu erreichen? Dreißig Sekunden vielleicht. Das war kurz und lang zugleich.

Er öffnete die Türe, die angelehnt war, wie beim ersten Mal. Gleich im Flur lag Ema. Sie musste bereits hier dem einbrechenden Mann entgegengekommen sein. Zwei Öffnungen auf ihrem Körper, über dem Herzen und auf der Stirn, offenbarten ihr Totsein.

Wo war Phöbe? Schlief sie oben im Gitterbett? Und wo war der Killer? Der Mann, der sich tarnte, indem er kurze Hosen trug und auf einem Rad zum Tatort fuhr? Und zu dessen Tricks es möglicherweise gehörte, einer Person ähnlich zu sehen, die in diesem Haus lebte.

Und eine weitere Frage war, ob dieser Mann so weit über die Topografie des Gebäudes Bescheid wusste, um sofort nach oben in Willems ehemaligen Wohnbereich zu steigen und aus einer Ansammlung von gut tausend Büchern jenen zweiten Teil von *Zijn en tijd* herauszuholen.

Bevor Roy in die Kanzlei eilte – wo, so seine Vermutung, Phöbe in ihrem Gitterbett lag und schlief –, begab er sich rasch in die Küche. Er hätte eines von Lias japanischen Küchenmessern aus der Halterung nehmen können. So ein Messer, mit dem man frische Thunfische zerlegt. Aber er fürchtete diese Messer wie etwas, mit dem man sich in erster Linie selbst verletzen konnte. Weshalb er in die Lade griff und eine Schere herausholte, eine wirklich lange, spitze Schere. Sie lag unsicher in seiner Hand, so als zweifelte nicht nur er selbst, sondern eben auch die Schere.

»Scheiße auch!« Er sagte es zu der Schere. Umfasste sie aber umso stärker und entschlossener.

Dann brach er auf ins dritte Stockwerk.

Und da stand er, der andere.

Was hatte Roy erwartet? Dass die frappante Ähnlichkeit auch in der Nähe gegeben sein würde. War sie aber nicht. Diese totale Ähnlichkeit hatte auf dem Foto funktioniert und darum auch in dem Moment, als Roy auf der gegenüberliegenden Seite der Gracht gestanden hatte.

Jetzt, keine drei Meter von dem Mann entfernt, zerfiel die doppelgängerische Ähnlichkeit in eine, nun, man könnte sagen, in eine *einfache* Ähnlichkeit. Die Ähnlichkeit von Männern, die über eine Glatze, einen kurz geschorenen Haarkranz verfügten, deren Nase eher größer als klein war, die Wangen voll, Männer, die aussahen, als habe ihr sportliches Schlanksein in den letzten Jahren gelitten, nicht beträchtlich, aber doch. Männer, die schwarz umrandete Brillen bevorzugten, auch sonst gerne Schwarz trugen, und deren Augen aus dem Umstand einer gewissen Abstammung oder auch nur Müdigkeit heraus einen leichten Zug ins Asiatische besaßen.

Ja, Ähnlichkeit, richtig. Aber kein Doppelgängertum.

»Gehen Sie weg von dem Kind!«, rief Roy dem Mann zu, der neben dem Gitterbett stand, in dem sich Phöbe soeben aufgerichtet hatte, sich fest an der oberen Leiste der Konstruktion festhielt, ein »Babla!« brabbelte – die lautmalerische Vertonung des Wortes *Papa* – und zwischen genau diesem Papa und dem Fremden, der hoch über ihr aufragte, hin- und hersah. Nicht angstvoll, aber mit sehr großen Augen.

Roy wiederholte: »Gehen Sie weg!«

Woraufhin sein Gegenüber gelassen meinte: »Bevor ich weggehe, legen Sie mal die Schere auf den Boden.«

»Und Sie Ihre Pistole«, entgegnete Roy.

»Wirklich?«, fragte der Mann lächelnd und lenkte den schalldämpferbestückten Lauf der Waffe in Richtung Phöbe. Phöbe, die auch die Mündung dieses Laufs mit sehr großen Augen ansah. Vergnügt und interessiert.

»Das tun Sie nicht«, sagte Roy mit einem Zittern in seiner Stimme. »Sie erschießen kein Baby.«

»Ich erschieße ja auch keine alten Damen, die mir im Flur entgegenkommen und wissen wollen, was ich in diesem Haus verloren habe.«

Roy versuchte nachzudenken. In den wenigen Sekunden, da er irgendeine Entscheidung treffen musste.

Was hatte das Foto, das Handyfoto von damals, zu bedeuten? Richtig, ohne dieses Bild wäre er niemals nach Amsterdam gefahren, hätte Lia nicht gerettet und nicht das Kind gezeugt, ja, das Kind, das höchstwahrscheinlich auf diesem Bild gewesen war. So wie auch der Mann, dem er jetzt gegenüberstand. Der freilich auf dem Foto bereits alles erledigt hatte und dabei war, von dem Haus wegzufahren.

Das musste man nicht begreifen.

O ja, das musste man sehr wohl begreifen!

Denn davon hing nun alles ab. Ein Foto aus der Vergangenheit hatte die Zukunft bestimmt. Sein und Zeit. Jetzt war die Zeit vergangen, und das Sein hatte sich erfüllt. Nicht zuletzt in Gestalt dieses Kindes, auf das die Pistole eines Mannes gerichtet war, der ohne Umstände einer alten Slowenin – die das schönste Französisch auf der Welt sprach und vielleicht ja auch wirklich gerufen hatte *Que faites-vous ici?* –, dieser Frau also in Herz und Kopf geschossen hatte.

Was würde es bedeuten, wenn dieser Mann – genau so, wie es auf dem Handyfoto zu sehen war –, unbeschadet und auf dem Rad sitzend, den Ort wieder verließ? Während sich oben im dritten Stock hinter der Fensterscheibe ein Baby aufrichtete, das man auch für eine sehr kleine, zerknitterte Frau halten konnte, so entstellt war das Gesicht.

Würde es bedeuten, dass er, Roy, dann tot wäre, erschossen von diesem Mann? Phöbe aber lebte? Lebte, jedoch in irgendeiner Weise verunstaltet. Mit einer merkwürdigen Fratze von Gesicht.

Die Frage, die sich Roy stellte, war, ob man die gleiche Zukunft, die einem ein solches Kinderglück beschert hatte, überlisten konnte.

Ob man ein Foto überlisten konnte.

Das alles überlegte er in den wenigen Sekunden, in denen zu entscheiden war, wer hier was ablegen würde. Er seine Schere oder der andere seine Pistole.

»Okay, okay«, sagte Roy, ging vorsichtig in die Knie und legte die Schere auf dem Boden ab.

»Na, sehen Sie«, meinte der andere, führte den Lauf seiner Waffe von Phöbes Kopf weg, kam etwas näher und kickte die Schere fast beiläufig zur Seite.

»Und jetzt«, meinte er, »zeigen Sie mir, wo dieses Buch ist.«

Dabei sah er sich um, als müsse es sich hier im Raum befinden.

»Ein Stockwerk höher«, erklärte Roy.

»Gut. Dann nach oben«, bestimmte der Mann und gab mit einer aufwärtsführenden Bewegung seiner Waffe die Richtung vor.

Die Männer gingen also nach draußen. Phöbe fing zu weinen an. Natürlich. Kein zehn Monate altes Kind wollte allein gelassen werden. Roy drehte sich um.

»Weiter«, sagte der Mann, »oder soll ich das Kind erschießen, damit es mit der Schreierei aufhört.«

Roy stieg rasch die Stufen nach oben in Willems Wohnung und führte den anderen vor die gewaltige Bücherwand.

»Und?«, fragte der.

»Ich muss mich erst orientieren.«

»Herrje! Muss ich dir ins Knie schießen, damit du dich schneller orientieren kannst?«

»Sie werden mich ohnehin erschießen«, sagte Roy und drehte sich jetzt zu dem Mann hin.

»Ja, stimmt«, antwortete er, »aber ich lasse das Kind am Leben, wenn du mir jetzt endlich das Buch gibst. Darum geht es schließlich, dass das Kind am Leben bleibt und dass die Person, die mich geschickt hat, wieder in Ruhe schlafen kann.«

»Sie hätten die Frau unten nicht töten müssen.«

»Zehn.«

»Was zehn?«, fragte Roy, der ja noch immer versuchte, die Sache etwas in die Länge zu ziehen. Immerhin war Tulp mit seinen Leuten im Anmarsch.

»Zehn Sekunden«, erklärte der Mann. »Dann ist das Buch in meiner Hand. Ich verliere allmählich die Geduld. Und ohne Geduld bin ich ein Monster.«

»Ach, wirklich?!«

Rasch drehte sich Roy zur Bücherwand. Er konnte sich in etwa an die Stelle erinnern, brauchte aber gut acht Sekunden, um das Buch auch zu finden.

Endlich hatte er es in der Hand. Den zweiten Teil von *Sein und Zeit*.

Ein Versuch war es wert. Ohnehin würde der andere auf ihn schießen, wenn sich das Buch erst einmal in seinem Besitz befand.

Aus seiner leicht gebeugten Haltung heraus schnellte Roy ansatzlos in die Höhe, wandte sich um und sprang auf seinen Gegner zu. Nie war er schneller gewesen. Allerdings schoss der Mann augenblicklich. In die Mitte von Roys Oberkörper.

Roy spürte den Aufprall der Kugel, er spürte, wie sie stecken blieb. Er spürte ihre gewaltvolle Erschöpfung.

War das Buch wirklich dick genug? Dick genug für ein solches, aus solcher Nähe abgefeuertes Projektil? Ein Buch, das er sich im Moment des Sprungs – nicht reflexartig, sondern im höchsten Bewusstsein seines Handelns – vor die Brust gehoben hatte.

Und mit dem zusammen er nun gegen die soeben abgefeuerte Waffe stieß und den Lauf derart verschob, dass eine weitere Kugel nur noch durch die Luft flog und rein gar nichts traf, keinen Mann, kein Buch, sondern bloß einen Punkt in der weiten, weißen Fläche des Plafonds.

Dabei verlor der Schütze seine Pistole und fiel zusammen mit Roy auf den Boden. Die Waffe schlitterte zur Seite wie eine in ihrer Drehung hilflose Eisprinzessin. Roy wollte nach ihr greifen, aber da hatte sich bereits der feste Arm des anderen von hinten um seinen Hals gelegt. Roy ging so schnell die Luft aus, dass er meinte, das Wort »schnell« müsste neu erfunden werden. Ja, so etwas Absurdes dachte er tatsächlich, als ihm jetzt schwarz vor den Augen wurde. Aber es war nicht *ein* Schwarz, es waren *viele* Schwarz. Viele schwarze Schichten, die sich rasend schnell übereinanderlegten. Und irgendwo dazwischen befanden sich die gesammelten Erinnerungen an sein gelebtes Leben. Welches aber nicht – wie das immer heißt – an ihm vorbeizog, sondern vielmehr hinter all dem Schwarz … gewissermaßen brodelte.

Es wurde leiser und leiser.

Roy würde bald tot sein.

Als er die Augen aufschlug, wusste er sofort, dass er am Leben war. Denn er rang nach Luft. Kein Toter ringt nach Luft.

Und dann verschwand auch das Schwarz aus seinem Gesicht, ein Nebel zog vorbei, lichtete sich, und der Blick lag frei, während sein Atem noch holpernd ging. Aber er ging.

Als Erstes sah er Tulp vor sich. Offensichtlich hatte der Commissaris ihn leicht aufgerichtet, in eine sitzende Position befördert. An Tulps rechter Schulter vorbei konnte Roy den Mann erkennen, der ihn hatte umbringen wollen. Er lag, bauchwärts, flach auf dem Boden. Sein Kopf war zur Seite gedreht, die Augen waren wohl das, was man leer nannte.

»Ich habe gar nicht gehört … wie du geschossen hast«, stammelte Roy.

»Na, da warst du schon weit weg. Aber es ist vorbei.«

»Und Phöbe?!«

»Alles in Ordnung. Eine Kollegin ist bei ihr. Keine Sorge.«

»Komm, hilf mir auf«, bat Roy.

»Lass dir ein wenig Zeit«, riet Tulp.

»Nein«, antwortete Roy.

Tulp seufzte und half dem beinahe Erwürgten hoch.

Solcherart in die Aufrechte gelangt, sah Roy jetzt auch Tulps Assistenten, der soeben die Waffe des Angreifers vom Boden nahm.

»Ist er tot?«, fragte Roy.

»Ja. Leider. Was wirklich dumm ist. Üblicherweise schießen wir so jemandem ins Bein, um ihn später noch verhören zu können. Aber es hat nicht so ausgesehen, als wäre dafür Zeit.«

»Das Buch? Wo ist das Buch?«

»Welches Buch?«

»Darum ging es ja. Das Dossier. Willems Dossier, verpackt in ein philosophisches Werk, das nie geschrieben wurde.«

Tulp runzelte die Stirn. Schaute dann aber hinter Roy und wies mit der Hand auf eine Stelle am Boden nahe der Bücherwand.

Dort lag es: *Zijn en tijd 2,* getroffen von einer Kugel.

Eine Kugel, die ansonsten ziemlich genau in die Mitte von Roys Brustkorb eingedrungen wäre, Herz oder Lunge verletzt und innere Blutungen verursacht, ihn schlichtweg umgebracht hätte.

Aber sie steckte in diesem Buch. Allerdings nicht in den dünnen, weichen Seiten einer fiktiven Schrift, sondern in einem elastischen, aus einer Art sehr kleiner Titanschuppen gefertigten Schutzblech, aus dem die Buchdeckel unter dem papiernen Umschlag gefertigt waren. Verstärkt durch ein Gewebe aus superharten, mittels Nanoröhren zusammengesetzten Fäden, die es so noch gar nicht gab, zumindest nicht offiziell. So wenig, wie es eine zweite »Hälfte« von Heideggers wichtigstem Frühwerk gab.

Obgleich es romanhaft anmuten mochte, eine tödliche Kugel mittels eines dicken Buches abgewehrt zu haben, war dieses Buch technisch gesehen auf dem allerhöchsten Stand, absolut High End, woher auch immer Willem van Dongen Zugang zu einem solchen

Material erhalten hatte (vom gelungenen Design des Umschlags einmal abgesehen).

Das Buch fühlte sich auch wirklich wie ein Buch an, wenn man es in der Hand hielt, und selbst von der Seite her betrachtet meinte man, einen Buchblock, die Lagen von Papier, zu erkennen. Doch auch hierbei handelte es sich um gefrästes Metall. Das Objekt an sich war nichts anderes als eine Attrappe, eine Buchattrappe, aber die wohl hochwertigste Buchattrappe, die jemals hergestellt worden war. Und in deren Innerem Tulp tatsächlich auf das gesuchte Dossier stieß, auf Fotos, Dokumente und diverse Speicherdaten (also doch noch!), die ausreichen würden, jenen »Dirigenten diverser Konglomerate« sowie einige seiner Freunde aus Politik und Wirtschaft in erhebliche Schwierigkeiten zu bringen. Vielleicht auch ins Gefängnis, aber in jedem Fall in große Schwierigkeiten.

»Große Schwierigkeiten« allein wären bereits ein Triumph für Tulp. »Große Schwierigkeiten« würden schon sehr nahe an das heranreichen, was man als *Die Anatomie des Dr. Tulp* bezeichnen konnte (und sosehr er sich dagegen wehrte, ihm schmeichelte der Vergleich. Und dieser Vergleich würde in den Medien anlässlich eines großen Prozesses auch tatsächlich immer wieder fallen. Was aus Tulp nun wirklich einen Star machte, und nicht nur den Mann an der Seite einer berühmten Frau).

»Erstaunlich!«, meinte Tulp zu Roy. »Der Killer sieht dir ungeheuer ähnlich.«

Roy nickte. »Du wirst mich jetzt für verrückt halten.«

»Wieso?«

»Weil ich ein Bild erfüllen muss.«

»Was für ein Bild?«

»Ein Handyfoto, auf dem sich das alles angekündigt hat. Ich erklär dir das später. Du wirst mich dann zwar erst recht für verrückt halten, aber glaub mir, ich muss das jetzt tun.«

»Was denn tun?«

So selten Roy in seinem Leben kurze Hosen und T-Shirts getragen hatte, schwarze Sachen trug er schon. Fast immer eigentlich. Auch jetzt. Eine lange schwarze Hose und ein langärmeliges schwarzes Hemd.

Er lief nach unten in die Kanzlei. Tulp hinter ihm her.

Dort sah Roy die Polizistin, die Phöbe im Arm trug. Das Kind war sichtlich zufrieden, von dieser fremden Person gehalten zu werden, und schaute jetzt wieder mit großen Augen auf die Aktionen bekannter und unbekannter Menschen.

Roy griff nach der Schere, die noch immer auf dem Boden lag.

»Was …?!«, rief Tulp.

»Keine Angst,« sagte Roy, »da sind sowieso meine Fingerabdrücke drauf.«

Er begann, die Schere an den Stoff seiner langen Hose anzusetzen und ein Loch zu schneiden, um knapp oberhalb des Knies den unteren Teil abzutrennen.

Die anderen waren fassungslos, hielten ihn aber nicht auf, wie er jetzt auch die andere Seite abtrennte und dann ebenso rasch die beiden Ärmel seines Hemds in der gleichen Weise verkürzte. Solchermaßen wurde er also zu einem Mann mit kurzen Hosen und einem kurzärmeligen Hemd. In der Folge legte er die Schere an der gleichen Stelle ab, von der er sie hochgenommen hatte, und warf Phöbe eine Kusshand zu. Sie gluckste. Dann lief er los.

Erst im Treppenhaus wurde ihm so richtig bewusst, wie verlebt diese Frau, diese Polizistin, die Phöbe so sicher im Arm trug, eigentlich gewirkt hatte. Wie klein, schmal und runzelig ihr Gesicht gewesen war. Nicht wirklich das Gesicht einer alten Frau, das nicht, aber einer Person mit vielen frühen Falten im Gesicht. Ausdruck einer Krankheit oder Veranlagung oder Entstellung. Von der Sonne, vom Rauchen, den Hormonen. Irgendwas.

O ja, es passte perfekt. Es fügte sich ins Bild.

Roy trat ins Freie. Tulp war ihm nicht gefolgt.

Roy begab sich die wenigen Stufen hinunter, dorthin, wo das Fahrrad angelehnt war, gleich neben der Büchernische, in der, sauber geordnet und lückenlos, dreizehn Geschworene einsaßen.

Er stieg nicht sofort aufs Rad, sondern trat zurück

bis an den Rand des Kanals, sodass er nach oben zu dem Fenster im dritten Stock blicken konnte.

Das Gitterbett war zu sehen, aber nicht Phöbe, sondern jene Polizistin mit dem von irgendeiner Krankheit oder Lebensart stark faltigen, schmalen, kleinen Gesicht. Eine Frau, die jetzt durch das geschlossene Fenster nach draußen sah.

Roy lief zurück zum Rad, setzte sich darauf und fuhr in westlicher Richtung davon, weg von dem Haus.

Alles stimmte.

Klick!